AF445493

Rubén Barcelli

Garamond

Lee este código QR con tu dispositivo móvil y conéctate con nuestro ecosistema digital:

Para Raffaella y Alessandro.
Para Fernanda,
por Raffaella y Alessandro.

LA CIUDAD

EL PURGATORIO FUE CONSTRUIDO CUANDO EL MUNDO ERA MUY RECIENTE, TANTO QUE PARECE UNA OBRA INACABADA ——UN BOCETO DESCARTADO POR DIOS—— DEL PLANETA EN EL QUE HABITAN LOS HOMBRES. Durante el día, el firmamento es anaranjado y morado; otras, amarillo y verde. Una luna enorme y tan blanca es lo único que destella por las noches. El Purgatorio es una planicie cercenada por ríos caudalosos, anchos como océanos, en cuyos márgenes anidan los círculos penitentes; continentes insulares donde están segregados los que purgan sus culpas terrenales. El Purgatorio, más allá de aquellas comunidades concentradas en algunos kilómetros cuadrados, es un conglomerado de espacios solitarios y desamparados, como las pampas que arremeten contra los autos mientras atraviesan las carreteras argentinas.

Protegida por una cúpula de paredes invisibles, envuelta por nubes negras en sus linderos, la Ciudad de los Deicidas es una zona independiente; aunque no ha sido escindida del conjunto, como una micronación. Más allá de la penumbra, de aquella espesa y cegadora penumbra, la ciudad se desagrega en barrios pequeños y serenos, separados por calles y avenidas zigzagueantes por donde nunca ha transitado un automóvil. Algunas luces emanadas de aquellas viviendas titilan en la noche: escuadrones de grillos en vela aguardando el amanecer para que inicie por fin la batalla milenaria que le da sentido a sus existencias. Altas montañas tutelan la planicie, cubiertas por árboles altos y frondosos. Un río las rodea, uno diferente a los demás. Se trata de una serpiente que está a punto de constreñir a su presa. Y más allá de la urbe y de las montañas; mucho más allá, cuando ya es inaudible el torrente de aquel río que persiste en su recorrido circular, el panorama es muy diferente: uno que otro arbusto raquítico se esfuerza con terquedad por mantenerse erguido entre la tierra agonizante, hasta que las paredes invisibles de la cúpula son superadas y la soledad y el desamparo retoman su dominio a lo largo de la planicie. Una inmobiliaria experta en levantar suburbios prefabricados parece haber construido la ciudad. Todas las casas tienen el mismo diseño y están pintadas de forma correlativa. La primera de cualquier cuadra es rosada, la segunda es verde brillante, la tercera es celeste, la cuarta es amarilla y la quinta, blanca. En la sexta casa la secuencia empieza otra vez. Todas tienen un jardín exterior con el césped cortado al ras, dos pisos edificados en madera y un techo a dos aguas. No hay frío ni calor, pero, a veces por las tardes, un viento enérgico remece las estructuras. ¿Será acaso una tormenta?

Mateo abre los ojos, se sorprende de estar dentro de la urbe. Sin previo aviso, abandonó la habitación blanca en donde conversaba con el Consejero y, de pronto, con la velocidad de un pestañeo o el corte de secuencia en una película, fue depositado en una calle contigua a la plaza central. Mientras camina a paso dubitativo, una densa neblina impide que pueda divisar algo más allá de lo que se le pone al frente; los objetos alargan sus sombras, y solo puede distinguir los ojos de algunas almas a su alrededor, como si una manada de lobos hambrientos lo acechara en la mitad de un sombrío bosque. Sin embargo, al acercarse a los faroles que alumbran tenuemente las bancas dispuestas cada simétrico trecho sobre las aceras, nota que se trata de residentes disfrutando de la apacible intemperie. Algunos lo saludan asintiendo con la cabeza, pero sin mostrar mayor entusiasmo, y luego continúan leyendo o escribiendo en pequeñas libretas de tapa dura y banda elástica. Hay un acuerdo implícito de no alzar la voz en el espacio público.

Al caminar, recuerda la última noche de su vida.

Se levantó intempestivamente de la cama algunas horas antes del amanecer. Mariale dormía entre sábanas y almohadas blancas debajo de un pesado edredón. Mateo tenía los ojos enrojecidos, el pelo arremolinado y la boca seca. No se animó a encender las luces por temor a despertarla; caminó aún soñoliento por el oscuro pasillo del departamento esquivando de memoria los cuadros apoyados en las paredes. Permanecían así, ignorados, desde que Mariale abandonara la casa de su familia y aceptara mudarse con Mateo seguida de su ropa, una mesa de dibujo, planos guardados en tubos y carpetas, y aquellos cuadros, los cuales aprisionan dentro de marcos de madera muchas fotografías en blanco y negro, ilustraciones en esténcil y pinturas naíf verticales y apaisadas. Se acercó a uno de los estantes repletos de libros —superpoblados como los edificios multifamiliares— y picoteó un par de textos, pero luego abandonó la intención de leer. Eran tantos los que había dejado inconclusos; los reconocía por los marcadores, *post it* y recibos de compras que señalaban las páginas en las que debió continuar. En la cocina, a la vez que intercalaba el cigarrillo entre los dedos y los labios, desenroscó la base de la cafetera, vertió agua del grifo dentro de la pequeña caldera, unos puñados de café en el embudo y al fuego. Aquella lava negra bulló como un pequeño volcán cuando intentaba recordar en dónde había dejado el lápiz de grafito Titan 2B, mordido y a medio tajar, con el que estuvo escribiendo durante la tarde, a solas en el departamento, mientras Mariale peleaba con el tráfico de la hora punta dentro de su auto, acostumbrada a divagar en las profundidades de su memoria durante los embotellamientos y los semáforos en rojo. Mateo se recostó sobre el sofá seccional de la sala, abriéndose espacio entre revistas de viajes y periódicos recientes. Abrió su libreta, acarició el cuero de la cubierta por un momento y trazó un esquema, ensayó unos cuantos párrafos hasta alcanzar algún plan, cierto mecanismo, alguna técnica narrativa, para trasladar la historia fragmentada y disconexa que arremetía en su cabeza en ráfagas de imágenes, y así empaquetarla a través de la literatura. De esta manera, aprisionada, desprovista de su poder de sujeción, lo dejará en paz y podrá volver a dormir; podrá volver a vivir. Se trataba de una batalla recurrente en contra de sí mismo, de la que siempre resultaba derrotado. Las palabras nunca llegaban a obedecerlo como él quisiera; palabras agudas, en efecto, pero incapaces de condensar íntegramente todo lo que intentaba transmitir, que lo depositaban en la frontera, tan cerca y a la vez tan lejos de lo que anhelaba comunicar. Colindante, adyacente, imperfecto. Sin embargo, aquel ejercicio lo conectaba con ese torrente enquistado en su imaginación compuesto por múltiples circuitos que se expandían constantemente, el cual lo conducía

—como lo había conducido antes— desde el inicio hasta el fin de un primer borrador escrito a mano. Luego habría de redactarlo en la computadora mediante un tecleo afiebrado y enérgico, al tiempo que expelía el humo del cigarrillo por la nariz, hasta que el cielo haya de aclararse. Así tenía pensado avanzar un manuscrito que lo perseguía desde hacía muchos años, uno que había prometido enviar a su editora lo más pronto posible.

Quiso volver a la cama antes de que Mariale despertara y las obligaciones del día los alejaran: ella tan apurada para irse de prisa a la oficina casi sin desayunar, contestando llamadas de sus jefes, preocupada por cómo andará el tráfico en la ruta hacia su oficina; esforzándose por alcanzar la más alta jerarquía en su compañía con mayor rapidez que sus adversarios. Entonces pensó: ¿para qué escribir ahora? Cuando se haya ido tendré todo el tiempo del mundo para continuarlo. Se recostó y la abrazó. Por un momento estuvo tentado de despertarla para hacerle el amor. Soplaría con delicadeza detrás de su oreja, olería su nuca, besaría los lunares de su espalda; minúsculos planetas dispersos en aquel universo rosado. La voltearía para mirarla a los ojos mientras ella se sostendría de los brazos de Mateo aferrados a la cabecera de la cama, desde donde él se impulsaría para penetrarla con energía al tiempo que los senos de Mariale rebotarían y sus pezones se endurecerían; sudores fundidos, respiraciones agitadas. Pero finalmente se desanimó. Se habían mantenido despiertos mirando una maratón de películas. Necesita descansar; hoy tiene una reunión muy importante con unos clientes, es cierto, recordó Mateo. Se quedó dormido pensando en que por la tarde, luego de escribir, iría a comprar todo lo necesario para colgar las fotografías y las pinturas en las paredes vacías del departamento; eso la haría sonreír, sí.

Lo que Mateo no recordaría —¿cómo podría hacerlo?— es el amanecer. El relente del mar cegó a los que rondaban por el malecón, aún adormilados, haciendo ejercicios o comprando pan caliente en las panaderías. Son los primeros que olieron la brisa marina que ascendió por el precipicio terroso y cubrió el barrio asentado sobre el acantilado. Esa brisa se mezcló con el aroma de las begonias y las gerberas de las calles de aceras y pistas veteadas, erosionadas por el tiempo, centenarios ficus y antiguas casonas palaciegas de arquitectura afrancesada. La brisa se coló en el departamento por las ventanas entornadas y despertó solo a Mariale. La saboreó en su lengua: húmeda y salada. Se acercó a Mateo y besó su pecho inusualmente frío mientras ronroneaba debajo de las sábanas, amor, cinco minutos más y nos levantamos, ¿ya? Yo preparo el desayuno hoy.

Mateo se detiene junto a la casa luego de una larga caminata. Había seguido al pie de la letra las indicaciones del Consejero. Toca el timbre. Nadie abre la puerta. Intenta nuevamente. Nada. Regresa sobre sus pasos para saber si alguien se asoma por alguna ventana. Las luces del segundo piso están encendidas. Intenta varias veces hasta que se enciende el farol de la primera planta. Mateo aguarda con los brazos hacia atrás, entrelazando los dedos. Abre la puerta, con un ejemplar de la novela *Nita* en la mano, Julio Ramón Ribeyro.

De repente comienza a llover y uno mira por la ventana, y entonces, sin darse cuenta, ya se acordó de alguien, y a mí los días de lluvia, los días tristones, me hacen recordar la imagen delgada y tímida de Julio Ramón Ribeyro. Esos eran sus días. Le gustaba ponerse un "terno" (así llaman en el Perú al vestido con chaleco) y una gabardina, e iba a sentarse en la terraza de cualquier bar parisino, con predilección por La Rotonde o La Coupole, en el barrio de Montparnasse. Allí, Ribeyro pedía una botella de vino, casi siempre un Saint Emilion, y la iba tomando lentamente, mirando a la gente y mirando la lluvia. Cuando estaba en París, Ribeyro pasaba la mitad de su vida sentado en estas terrazas. Sus personajes, gentes sencillas, eran como cualquiera de las personas que él veía desde su mesa atravesando la calle, corriendo con una carpeta sobre la cabeza para no mojarse el pelo. Eran los hombres y mujeres simples, de todos los días, esos que nutren con su existencia las estadísticas, que se levantan temprano para ir al trabajo en cualquier oficina pública, ríen y lloran, tienen hijos, aplauden cuando aterriza el avión, y de vez en cuando necesitan alivio.

Ribeyro y Bryce[1]

—Lamento la demora, muchacho, estaba terminando de leer un capítulo —explica Ribeyro echándose el cabello lacio hacia atrás con los dedos.

—Es un enorme gusto conocerlo, señor Ribeyro.

—Por favor, si puedes llamarme Julio Ramón nomás... ¿Mateo? Eres Mateo Pelletier, ¿correcto? —responde sin mirarlo, enfocado en colocar el separador en la página en la que se había quedado.

—Así es, ¿cómo sabe mi nombre?

—Bueno, leí tu novela *Cierta gente que solía conocer* hace un par de semanas, cuando el Consejero nos avisó que te hospedarás con nosotros.

—Se lo agradezco. Usted es uno de mis escritores preferidos.

---

[1] Gamboa, S. (2002). Diario El País

—Gracias, Mateo. Pero pasa. Voy a mostrarte la casa. Tu habitación está junto a la de Roberto.

—¿Roberto?

—Roberto Bolaño... duerme en la habitación contigua a la tuya.

Los escalones de madera crujen mientras suben en silencio hacia la segunda planta. Ribeyro abre la puerta de una habitación casi vacía, ocupada solo por una cama. A través de la ventana es posible divisar un trecho de la calle, más casas y una luna redonda y brillante.

—No es mucho, lo sé, pero es lo que tenemos para ti. Espero que puedas sentirte cómodo durante tu estadía con nosotros.

Mateo parece no escucharlo.

—Siempre he querido conocer a Bolaño.

—Guarda silencio un momento.

Aquel paréntesis en la conversación permite que irrumpa en el ambiente un tecleo constante, terco y frontal.

—Difícil, pues. Me parece que esta noche no se va a poder. A Roberto no se le puede interrumpir cuando escribe; es tan maniático como Mario, que no es decir poco. Ya será mañana... Te veo cansado, ¿quieres comer algo?

—Desde luego, ¿qué puedes ofrecerme?

—No lo sé... ¿el Consejero no te lo ha explicado?

—¿Explicarme? Solo me dijo antes de ordenarme que cierre los ojos: cuando estés en la ciudad camina por una vía muy larga y muy ancha alejándote de la Luna y toca la puerta de la casa celeste, la tercera de la decimocuarta calle que cruza aquella vía, hacia tu derecha. Y desapareció.

—Se le debe de haber olvidado, eso es seguro. Aunque él tampoco sabe con exactitud cómo sucede esto. Cuando Roberto o yo abrimos el refrigerador a ciertas horas del día aparece de pronto algo para merendar. Lo justo y necesario, nada más y nada menos. Nos saciamos y ya, hasta la próxima comida. Ninguno de los dos se queja porque, como puedes notar, no comemos mucho; es probable que por esa razón nos hayan confinado a vivir juntos. Hoy de desayuno nos tocó jugo de toronja con huevos revueltos, algo fríos, eso sí, lo que nos recuerda que no estamos en el Paraíso.

—Nunca lo hubiera imaginado.

—Te acompaño a comer. Ya acabaré este libro mañana.

Ambos bajan rumbo a la cocina. Mateo se sienta a la mesa. Ribeyro abre la puerta del refrigerador: no hay nada. En ese momento la tetera silba.

—Nos toca café... ¡Qué bueno! Mateo, abre ese cajón debajo del estante con platos, ahí aparece el café en polvo... ¡Ajá!... Ahí está... ¡Cómo extraño el café pasado!... Lo extraño mucho.

Ambos beben sin hablarse. Mateo mueve la cucharita y forma una tenue espuma sobre el café.

—¿No escribirás hoy? —pregunta Mateo.

—Ya lo hice. De una a tres de la tarde, como siempre en el Mundo y en este confinamiento —responde Ribeyro encendiendo un cigarrillo.

—¿Podrías invitarme uno?

—Sí, sí, pero solo por esta vez, por favor. No puedo regalarlos porque después no me alcanzan hasta el final del día. Pero no te preocupes, cuando despiertes encontrarás los puchos sobre tu escritorio.

—Pero en mi habitación solo hay una cama.

—Mañana estará... mañana estará, créeme, y sobre él tus cigarrillos, cuartillas de papeles y tu máquina de escribir... tal vez una Remington u Olivetti. ¿Cuál era tu preferida?

—Nunca he escrito a máquina.

—En efecto, tienes toda la razón, si eres tan joven. Entonces tal vez te toque una computadora, una de esas portátiles para que puedas escribir en cualquier... Por cierto, ¿tú puedes escribir en cualquier parte?

—En donde sea.

—¿Y en qué momento del día? Para no importunar.

—De noche, luego de la cena. Por lo poco que he estado aquí, asumo que voy a escribir bastante.

—¿Te incomoda que el almuerzo sea a las tres? Roberto ha aceptado adaptarse a mi necesidad de hacerlo a esa hora, aunque igual siempre toma solamente un café y lo que aparezca en el día. ¿Estás de acuerdo?

Mateo asiente con la cabeza.

—Perfecto, no se diga más. Estoy tan habituado a esa hora. Podría escribir en otro momento, claro que sí, pero prefiero hacerlo en ese lapso —Ribeyro se quita el saco, lo deja en una silla contigua, se remanga la camisa, apoya un codo sobre la mesa, se toca los labios con los dedos y da caladas a su cigarrillo ocasionalmente—. Me había acostumbrado a ir a trabajar. Salía muy temprano de casa, regresaba a la hora del almuerzo y luego a escribir. Bueno, ahora no trabajo, pero salgo a caminar y a conversar con quien me plazca. También voy a algún compromiso literario en la Biblioteca de esos que nunca faltan. En las noches leo siempre a muy buen ritmo; mayormente releo a mis autores favoritos, y además me reúno con amigos y escuchamos algo de música, hablamos y recordamos el Mundo. Pero siempre, como lo hace Roberto en las primeras horas de la noche, de una a tres escribo en mi habitación.

—¿En qué te encuentras trabajando?

Mateo disfruta la primera pitada de su cigarrillo como

si volviera a sentirse mortal. La cocina se llena de humo mientras ambos conversan.

—¿Acaso importa? Escribo lo que sea, lo que sea. A veces nada. Lo importante es estar allí, sentado, tratando de escribir algo. Una línea, dos líneas, un párrafo. Y leo a los clásicos sobre todo; a Flaubert, a Faulkner, a Maupassant. A los nuevos también, como a ti. Eso sí, necesito mi ambiente, no como tú. Por eso no podía escribir en el Perú. En mi casa de Miraflores no estaban mi tocadiscos ni mis cuadros. Ni siquiera la vista al malecón de Miraflores y al mar lograban que me sintiera completamente en casa. Mi cuarto de aquí es muy similar al de mi departamento en París.

—¿Pero nada?

—Estamos muertos, Mateo, no hay prisa por publicar.

—¿En serio? ¿Nada?

—Bueno, he escrito muchas prosas apátridas que archivo en una carpeta. Las publicaré cuando me provoque.

—¿Publicarlas? ¿Cómo es que podrás publicarlas?

—Es de las cosas más extrañas y deliciosas de estar aquí. Cuando quieras publicar algo, según me cuentan, guarda el manuscrito en un sobre dentro de un cajón vacío de tu escritorio. A la mañana siguiente, una pila de ejemplares aparecerá en la puerta de la casa, acompañados del boletín de la Biblioteca en el que estará indicada la hora y el día en que se presentará tu libro; desde ese momento cualquier residente podrá solicitar el ejemplar en alguna de las salas de lectura. Las ediciones siempre son las mismas, las más austeras, en tonos de gris, sin solapas o sobrecubiertas y en gruesas hojas bond mate sin fotografías; pero son impecables, sin un solo error ortográfico o errata. No necesitamos correctores ni editores, ni editoriales, ni toda esa mierda inútil. Es fantástico. Los residentes de la ciudad serán los primeros en leerlo. Son adictos a la lectura; escritores como nosotros, pues. Cada vez que se publica un nuevo título de alguno de los vecinos, hacen fila en la Biblioteca para pedirlo prestado. Luego visitan al autor en su casa para interrogarlo sobre los mecanismos con los cuales elaboró la trama.

—Espero poder publicar algo pronto.

—Pues me alegro. Me gustaría leer algo más firmado por ti. Tal vez publiques antes que yo, pero dudo que lo hagas antes que Roberto; él pronto lo hará. No ha dejado de escribir desde que llegó.

—¿Una novela?

—Está terminando esa mayúscula obra suya llamada *2666*. Antes de morir les advirtió a sus herederos que esa novela no estaba terminada, pero ellos la publicaron igual. Por eso está tan afanado en concluir con la historia como corresponde, pero se ha dado cuenta de que el final está más lejos de lo que se había imaginado. Ha superado las tres mil páginas. Es enorme, aunque, claro, dudo de que sea más voluminosa que *En busca del tiempo perdido*. En fin, dejemos de hablar de literatura; ya habrá mucho tiempo para eso. ¿Cómo te sientes?

—Estoy cómodo en este lugar que aún no logro definir, a pesar de que mi novia acaba de despertar con mi cadáver a su lado, en nuestra cama. Ojalá estuviera aquí conmigo. Ojalá estuviera con ella.

—Es muy especial, ¿cierto? Asumo que se trata de una mujer inolvidable.

—Sí, fotógrafa y pintora, pero se dedica a la arquitectura. Dibujaba en mis cuadernos... rostros, ojos, funiculares, ríos, lagos, pelícanos, elefantes, mariposas, barrios residenciales en la Luna, trenes atravesando la Antártida sobre rieles de hielo... Me dibujaba a mí haciéndome el nudo de la corbata y a ella de adolescente con un vestido turquesa mientras abrazaba a su basset hound.

—Ella entenderá, sí, ella entenderá, como todos, temprano o tarde. En algún momento, aún indeterminado en el tiempo, se encontrarán nuevamente. Lo único que los separa hoy es el espacio y el tiempo. Bueno, y también la materia.

—...

—Eso es lo que nos explica el Consejero. Cuando quieras hablar con él piensa en la cubierta de *La guerra del fin del mundo*. La primera edición, por supuesto. No funciona con las versiones piratas; se te aparecerá.

—¿Y responderá a todas mis preguntas?

—Las que pueda responderte. Mateo, me gustaría hacerte una última pregunta antes de dormir, a menos que estés muy cansado, y te la hago otro día.

—¿Cuál es la pregunta?

—¿Cómo moriste?

Cuando Mateo abrió los ojos lo sorprendió estar en un pasillo hermético y tan estrecho como las mangas de los aeropuertos, en cuyas paredes colgaban incontables televisores sintonizando cada uno un canal diferente. Muchas personas caminaban a su costado; son tantas y estaban tan cerca que debió abrirse paso a codazos; avanzaban sin rumbo aparente a la vez que gritaban y lloraban desorientadas y desconcertadas; algunas se consolaban con quienes tenían a su alrededor, otras se mantenían reacias a que las tocaran, y preferían sufrir su pena en soledad. Sin embargo, unas cuantas, ajenas al pánico colectivo, afrontaban su nueva condición con una calma que provenía de su interior; mantenían una postura flemática, la acostumbrada para atender un trámite burocrático irrelevante. Al final del pasillo aquella multitud desapareció, como si fueran cenizas y alguna fuerza invisible las hubiera soplado. Mateo miró hacia ambos lados, también hacia atrás, incrédulo de que ahora estuviera completamente solo en aquel pasillo, que finalizaba en el umbral de una habitación blanca, decorada con orquídeas, donde espigadas cortinas se levantaban y se aquietaban al ritmo de vigorosas ráfagas de viento que remecían el lugar; parecía que la habitación fuese a alzar vuelo en cualquier momento. Una figura borrosa lo esperaba tras las cortinas. Es a quien Dios ha encomendado la labor de ser el guía de las almas enviadas al Purgatorio; alguien que demostró una inquebrantable fe y fue capaz de contagiar aquel fervor a los demás y darles alivio para soportar la adversidad: Antonio Vicente Mendes Maciel, el Consejero.

El hombre era alto y tan flaco que parecía siempre de perfil. Su piel era oscura, sus huesos prominentes y sus ojos ardían con fuego perpetuo. Calzaba sandalias de pastor y la túnica morada que le caía sobre el cuerpo recordaba el hábito de esos misioneros que, de cuando en cuando, visitaban los pueblos del sertón bautizando muchedumbres de niños y casando a las parejas amancebadas. Era imposible saber su edad, su procedencia, su historia, pero algo había en su facha tranquila, en sus costumbres frugales, en su imperturbable seriedad que, aun antes de que diera consejos, atraía a las gentes.

La guerra del fin del mundo[2]

---

[2] Vargas Llosa, M. (1981, p. 15). Seix Barral

El viento cesó. Mientras la figura se acercaba, Mateo bajó la mirada y trató de contener el llanto. Los ojos del Consejero se escondían entre abultadas bolsas bajo sus párpados que se superponían una sobre otra como andenes; esos ojos buscaron a los de Mateo. El Consejero levantó su mentón con el dedo índice, y en la habitación solo se escuchaba la voz gruesa y carrasposa enumerando sus pecados. Mateo se arrepintió, pero se dio cuenta de que era demasiado tarde para hacerlo; se preocupó por no haberse enterado en vida de algunos hechos que ya estaban fuera de su control. El Consejero procedió luego con sus buenas acciones, aquellas obras de genuino desprendimiento que contribuyeron a sanar las heridas en el alma de sus semejantes. Finalmente, le indicó cuál será su destino:

—No serás enviado al Paraíso. Los asesinos de Dios no pueden entrar allí, y un escritor, como tú, es eso: alguien que crea mundos que compiten o pretenden superar el creado por Dios. Usurpan su papel como creadores para ocupar su lugar, y se convierten en deicidas. Sin embargo, solo usaste el talento con el que te enviamos al Mundo. ¿Por qué tendrías completa culpa al respecto? Por eso tampoco irás al Infierno. Mientras resolvemos esta paradoja hemos creado un lugar temporal para ti y para quienes son como tú dentro de las fauces del Purgatorio: la Ciudad de los Deicidas.

Mateo se recuesta sobre la cama; un arrollador cansancio lo aprisiona. En su cabeza se suceden imágenes de lo que ha ocurrido en el día. Extraña el calor del cuerpo de Mariale a su costado, el olor de su cabello mojado en las fundas de las almohadas, retazos de su piel descubriéndose entre las sábanas. Se resiste a dormir, pero el tecleo metálico de la máquina de Bolaño, apasionado y desprovisto de pudor, logra arrullarlo, y así transcurre la madrugada.

LETIZIA

Le quité la ropa a mi hija, yo me la quité también. Entramos juntas a la tina; besé sus mejillas y su ombliguito mientras movía mis brazos desde abajo hacia fuera del agua, una y otra vez, para que mi pequeña riera y chapoteara. Estás quedando limpiecita, mi amor. ¿Quieres darle un beso a mami?... Ay, qué rico, mi vida, ya sabes dar besitos. De repente me pregunté en silencio: ¿esto es la felicidad? Y me respondí de inmediato, muy segura, doctora. En aquella época aprendí a perderme y a encontrarme en la risa y en los ojos verdes de mi hija, que desde que nació me recordarían a los ojos de su padre, Facundo, el chico que conocí en mi viaje de promoción a Varadero, el muchacho que solo me hablaba de política, que pensaba que Estados Unidos era culpable de que el pueblo cubano pasara hambre; Facundo, que me aseguraba que debíamos apoyar a Fidel y a su revolución aunque la Unión Soviética ya no existiera; Facundo, que me adoraba. Yo no estaba enterada de la revolución cubana. ¿Cuál, oye? No me asustes, no me digas que va a venir ese Che y que me va a estropear el *trip*. No, ni hablar, yo me voy ahorita. Mis amigas se dieron cuenta de que ese chico del colegio de hombres era muy atractivo detrás de toda esa timidez: tiene una sonrisa bonita, es bastante educado y seguramente le gustas mucho, Leti, y yo pensaba: a mí también me gustas, Facundo; así no entienda nada de lo que dices, me gustas mucho. No me gusta decirte Leti, quiero decirte Letizia, ese es tu nombre, me dijo Facundo sentado en la arena gruesa y blanca, sí, sí, yo también tengo hambre, vamos a almorzar y después regresamos acá a la playa, ¿te parece, Letizia?, porque si no hacemos otra cosa, de verdad, lo que tú quieras, en serio. Así me decía, doctora. En ese viaje nos volvimos inseparables mientras nuestros amigos se adueñaron de los bares y las discotecas del enorme hotel de playa. Mis compañeras del cole se mantenían atentas a nosotros como adictas a una telenovela. Parece que ustedes van a ser enamorados, me decía una. Los hemos visto caminando juntos por la playa. Ahí pasa algo, me decía la otra. La noche pasada salieron juntos de la discoteca y se fueron a la playa a ver el amanecer. Leti hizo como si tuviera frío, él la abrazó... casi se besan, ¿o no, Leti? ¡No nos mientas! ¡No a nosotras!

Durante el día, frente al mar, enterraba mis pies en la arena gruesa y solo atinaba a sonreír y a asentir con la cabeza cuando Facundo me preguntaba si estaba de acuerdo con alguna de sus ideas revolucionarias: ¡el neoliberalismo es aberrante! ¡Marx es el pensador del pueblo! ¡Odio a esos gringos! ¡Malditos imperialistas! Sus palabras, doctora, eran como susurros a lo lejos que no se entendían con claridad, pero, sin embargo, simulaba que lo escuchaba con la mayor atención.

Salí con mi hija de la tina y la sequé en la cama con mucho cuidado. Era tan chiquita, tan indefensa, tan mía, y tenía miedo de que se fuera cuando hubiera crecido y se olvidara de mí. El teléfono. En un principio vacilé en contestar. No quería dejar sola a mi hija. Se podía caer o pasarle algo. ¿Y si es una emergencia? Pucha, mejor contesto. ¿Y si llora? No, mejor no. Lo dejé timbrar. Después de unos segundos sonó mi celular.

—Aló, ¿qué quieres? Sí, ya la bañé. Sí, ya se está durmiendo. Por favor, Facundo, no me hagas esas bromas... ¡No lo hagas, por favor!

Letizia pide el servicio de *parking*, y así se evita el trámite de estacionar el auto al llegar a la puerta de ingreso principal de la clínica. Área de Psicología. Ha llegado cinco minutos antes de la hora de la cita. Ya en el consultorio, se sienta en el mullido sillón de tres cuerpos dispuesto junto a una silla en donde está sentada la doctora Velarde, dándole la espalda al tráfico de la avenida Javier Prado.

—Es un gusto conocerla, señora Letizia. Me gustaría que me cuente algo sobre usted, lo que quiera, lo primero que le venga a la mente.

—¡Ya no puedo más! ¡Entiende!

—Facundo, tranquilo. Mira, no te apures. Vamos a conversar. Aló, Facundo... ¡Contéstame!... Aló, aló...

—Ya, está bien, vamos a conversar. ¿Pero de qué vamos a conversar? —responde Facundo.

—¿Qué esperaba que le respondiera, señora Letizia? —pregunta la doctora Velarde.

—De ti, Facundo, de mí, de nuestra hija, de eso quiero que hablemos.

—Han pasado más de veinticinco años, pero lo recuerdo, doctora, lo recuerdo muy bien. Yo quería que nos limitáramos a hablar de nuestra hija, Mariale. Pero él insistía, siempre insistía, hasta que finalmente dejó de hacerlo.

—De nuestra hija quizás, pero de nosotros, no creo. ¿Qué nos pasó? —pregunta Facundo.

—Fue culpa de ambos, doctora, o tal vez no fue culpa de nadie. Yo lo único que sabía era que todo había acabado entre nosotros; pero me equivoqué, con el tiempo descubrí que me equivoqué.

—¡No importa de quién haya sido la culpa! —grita Facundo; se sienta en el suelo, abraza sus rodillas y llora una vez más en silencio.

—Aló, aló, Facundo. ¡Háblame!

—Lo único que quiero que hagas es que le des un beso en la mañana por mí. Dile, por favor, que su papá la ama mucho, y que siempre va a ser su padre así no esté con ella.

—Sí, lo haré, pero, Facundo, ¿no habrá otra salida? ¿No hay nada más que se pueda hacer?

Le di un beso en la frente a mi hija, que ya dormía. Este es de parte de tu papito, le susurré. De inmediato me puse de pie, me acerqué a la ventana, sequé mis lágrimas con la yema de los dedos, me toqué los senos desnudos y busqué recordar cuando aprendí a hacer el amor con Facundo, tan torpes los dos. Algunas veces en la sala de mi casa, cuando no había nadie; otras, en su cuarto, cuando sus papás ya estaban acostados. Recordé cuando me preguntó si quería ser su enamorada un día en que vino a buscarme a la salida del colegio; pasamos meses sin poder dejar de besarnos. Comencé a buscar estrellas en el cielo negro mientras lo escuchaba quejarse de que los jóvenes no tienen ninguna oportunidad en este país, y de que todo es culpa del imperialismo yanqui y su capitalismo ultraliberal. En ese momento lo decidí, doctora. No podía volver con él.

—¿Por qué te importo tanto? Tú que no vas a estar sola, tú que ya le conseguiste un nuevo papá a mi hija.

—No empieces otra vez, por favor. ¡Me tienes harta!

—Esto ocurrió cuando comencé a salir con mi nuevo novio, antes de que nos casáramos, finalmente. Pero no crea que no lo intenté, doctora. Con Facundo vivimos juntos durante un tiempo en su casa y luego otro tanto en la mía, pero nunca funcionó, no era lo que yo quería para mi vida.

—¿Lo amas? Dime, ¡lo amas! —grita Facundo.

—No sé si lo ame. No lo sé. Pero eso no importa, yo lo que quiero es que no cometas una locura.

—En ese momento, claro, estaba enamorada de mi novio, o al menos eso era lo que creía, y quería olvidar a Facundo. No quise mentirle.

—Señora Letizia, ¿por qué me cuenta esto justamente en esta primera sesión? ¿Son recuerdos que la están atormentando?

—¡No me vas a hacer cambiar de opinión! —responde Facundo.

—¡No lo hagas, por favor! ¡No lo hagas!

—He estado pensando en este episodio de mi vida durante mucho tiempo. Pude haberme quedado con él, haberlo intentado. Pero no hacerlo, pero rendirme... era más sencillo en ese momento. Con Facundo hubiera sido más duro, difícil. Apenas me casé nunca más me faltó nada. A Mariale tampoco. Creo que por eso no lo he intentado realmente en mi matrimonio. Seguro mi esposo se pregunta: ¿por qué tuve que casarme con una mujer que ya tenía una hija? ¿Por qué no busqué a alguien para formar una familia desde cero? ¿Por qué tengo que ser el padre de una muchacha en público, pero un padrastro en privado? Pero él nunca me ha dicho nada; solo se mantiene callado. Su silencio está envuelto en resentimiento; estoy segura de eso. Por eso nunca quise tener un hijo con él.

—No voy a permitir que otro esté manteniendo a mi hija; nunca lo voy a permitir —Facundo se acerca a un póster pegado en una de las paredes de su habitación y dice: perdimos, Che, creo que es hora de aceptarlo—. Mi tío me va a pagar doce dólares la hora, Letizia; con eso te voy a poder mandar plata para todo lo que nuestra hija necesite.

—¿Desde hace cuánto tiempo que Facundo reside en Estados Unidos?

—Muchos años ya. Se casó con una norteamericana, tiene otros hijos, otra vida. No creo que regrese al Perú. Solo llama a Mariale el día de su cumpleaños, como si fuera un pariente lejano.

—Se me olvidó preguntarle, señora Letizia, ¿cuál es el nombre de su esposo?

—Ernesto, se llama Ernesto.

DOS

TERRAZA DE HIELO

REACCIONA, MI AMOR. RESPIRA, MI AMOR. ABRE LOS OJOS, MI AMOR... POR FAVOR, POR FAVOR, POR FAVOR. ABRIÓ SU BOCA Y, MIENTRAS LLEVABA OXÍGENO A SUS PULMONES, ESCUCHABA LO QUE PARECÍAN SER FLUIDOS Y GASES DETONANDO EN LAS PROFUNDIDADES DE SUS ÓRGANOS. Aún hay ruidos en su pecho, todavía está vivo, pensaba. Pero solo era el inicio del proceso de deshidratación y descomposición, cuando se cierran las compuertas de la nave que solía surcar el mundo; el comienzo de la muerte. Así se lo confirmaron los paramédicos que irrumpieron en el departamento.

Los padres de Mateo estaban devastados. Mariale tuvo que hacerse cargo de los papeleos en la morgue y la funeraria, y también atender los asuntos del seguro. Le entregaron el cuerpo desnudo sobre una camilla de metal. Lo vistió con uno de sus ternos; alzó y contrajo sus brazos y piernas mientras su mirada hueca parecía juzgarla. Mariale redactó el obituario publicado en el periódico al día siguiente. Se lo dictó al empleado de la funeraria de un tirón, perfecto, como si Mateo lo hubiera dejado escrito. Con una voz entrecortada, recibió el pésame de los dolientes y procuró consolarlos al igual que ellos intentaban transmitir su pesar. Se mantuvo sentada junto al ataúd con las piernas muy juntas, un vestido negro y unas enormes gafas oscuras. Cuando cerraron los salones del velatorio solicitó quedarse, pero le indicaron que no estaba permitido. Sus amigas la acompañaron al departamento, le prepararon algo de comer y trataron de animarla hablando de otros temas que las hacían reír a todas en complicidad. No, no es necesario que alguien se quede a dormir conmigo. Tomaré un Xanax y descansaré por varias horas. Nos vemos mañana en el sepelio, ¿sí?, les dijo transmitiendo calma y resignación. Apenas se fueron se cambió de ropa y regresó a la iglesia. Permaneció sentada en una banca cerca de la entrada del velatorio, entretenida por los autos que atravesaban una calle lejana y por los recorridos de los celadores: sus pasos se escuchaban muy cerca, casi a su alrededor. En su mente, Mariale le contaba a Mateo lo que ocurrió durante el primer día de su muerte como si le relatara una película que no había visto por haberse quedado dormido. En el sepelio, cuando el ataúd descendió y la tumba fue cubierta con tierra, tampoco pudo llorar. En algún momento derramó unas pocas lágrimas, aunque lo hizo más contagiada por el aura de pena de los que lloraban que por su propio dolor. De regreso en el departamento y luego de despedirse de todas las personas la acompañaron, guardó las pertenencias de Mateo en cajas de cartón y las apiló en la esquina más recóndita del departamento.

Varios días después, Mariale despertó una mañana envuelta en una alentadora vitalidad. Sus músculos habían descansado. El cuello solía molestarla todo el tiempo por las horas que pasaba sentada frente a la computadora en la oficina, pero esa mañana, mientras se lavaba los dientes, se sentía plena, y sonrió al espejo al acordarse de que esa noche era la fiesta de cumpleaños de Daniela. De pronto sintió el frío húmedo del invierno limeño. La puerta corrediza de la terraza estaba abierta. Mateo se encargaba de cerrarla para no dejar entrar el polvo ni el viento de la madrugada. Era una de las tareas domésticas que le correspondían, junto con la de sacar la basura, dejar y recoger ropa de la lavandería y subrayar con resaltador turquesa en la guía del cable las películas que no se podían perder. Antes de cerrar la puerta vidriera elevó la mirada: el cielo comenzaba a aclarar; uno que otro retazo de luz se abría paso entre la oscuridad. Cruzó la puerta, se sentó en el sillón y se arropó con una manta. Con la taza de café entre sus manos repasó mentalmente lo que haría en el día: corregir en la oficina los planos del proyecto inmobiliario de Chaclacayo, almorzar con sus jefes y otros arquitectos llegados de Barcelona, ir a la peluquería para estar deslumbrante por la noche. Se recostó de lado a la espera que el cuerpo de Mateo sostuviera su peso. Cómo les encantaba conversar en aquella terraza cuando regresaban de una fiesta, después de almorzar o luego de hacer el amor. Entonces, súbitamente, recordó el rostro de Mateo antes de cerrar el ataúd. Muerto. Sus ojos cerrados. Su carne pudriéndose debajo de la tierra. Tan lejos, inalcanzable. Lloró por fin por cuenta propia.

ERNESTO

Inserta la llave magnética en la cerradura electrónica. La puerta se abre. Una habitación impecable, como siempre. Dos sillones a los lados de un televisor apagado conforman una pequeña y acogedora aunque impersonal sala de estar. Atraviesa el pequeño pasillo. A su derecha, luego de abrir las puertas corredizas de madera, está el dormitorio. Continúa avanzando y, a su izquierda, halla un frigobar y un escritorio, en donde deposita su saco y el maletín. Abre las cortinas y deja entrar plenamente la luz de la mañana. Se quita la ropa, entra a la ducha y el chorro hirviendo lo relaja. Extiende los brazos, endurece las piernas, se estira y siente los músculos cargados de energía, como cuando tenía veinte y la juventud era una condición incuestionable, no un estado caprichoso que va y viene. Sentirse joven, para Ernesto, radica en aquella vitalidad que lo visita inesperadamente un día cualquiera, como este.

Cubierto con una bata blanca, llama al restaurante del hotel: un desayuno continental, por favor. No, no, mejor que sean dos desayunos. Sí, sí, también unos panqueques con miel, crema chantillí y fresas. Enciende el televisor y detiene el *zapping* cuando encuentra un canal de noticias. Camina alrededor de la habitación mientras los sonidos del aparato atraviesan su cabeza sin que intente retenerlos. Tocan a la puerta, es la comida. Adriana entra a la habitación hablando por celular, cuando están dejando los platos sobre la mesa. Ernesto apaga el televisor. Adriana cuelga. Se besan al pie de la cama.

—¿Y esto? ¡Qué rico!

—Lo pedí antes de que llegaras. Siempre nos morimos de hambre luego de...

—Sí, sí —responde Adriana picando un poco de cada plato—. ¿Vemos algo?

—¿Algo?

—Algo que no sean noticias... ¿Una película? —pide Adriana antes de entrar al baño.

—Bueno.

Ernesto busca una película en el cable y retiene mentalmente las que le podrían gustar a ella. Adriana vuelve desnuda y mojada, le arrebata el control remoto, se sienta contra la cabecera de la cama y le dice:

—Yo escogeré una. Ven, ven acá.

Ernesto se recuesta apoyando la nuca sobre su vagina caliente; ella lo aprisiona con sus piernas largas y delgadas.

—No me digas que otra vez faltaste a tus clases.

—¿Y tú? ¿Y la oficina?

—No me necesitan allá. Dejé todo indicado. Si hay algo urgente, me llamarán.

—¿Y tu esposa?

—Ya sabes que ella nunca me llama.

—¡Oh! ¡Excelente!

—¿Qué ocurre?

—Están pasando una que me encanta. Acaba de empezar.

—Al tipo lo reconozco.

—Ethan Hawke. Guapísimo.

—A la chica, no.

—Julie Delpy. Es una actriz francesa. Ellos se conocen en un tren que recorre Europa. Deciden bajarse en la estación en Viena para pasar un día juntos. Solo conversan mientras conocen la ciudad, pero eso fue suficiente para que se enamoren.

—¿Solo conversan? ¿No pasa nada más?

—Pasan muchas cosas, quiero decir, en realidad no pasa nada, pero pasa, ¿entiendes?

Apenas termina la película, uno de los celulares vibra en la mesa de noche. Adriana se lo alcanza a Ernesto.

—Me tengo que ir.

—¿Tan pronto? No, no, todavía no hemos...

—Solo por un rato, ya vuelvo. Tengo que almorzar en casa. Ha ido una amiga de mi esposa.

—Qué aburrido.

—Hablamos, ¿sabes? Con mi esposa. No como ellos, nada parecido a lo que ellos hacen. Nunca conversamos, más bien intercambiamos palabras con el objetivo de obtener algo puntual; todo el tiempo parece que estuviéramos negociando.

—¿Al igual que lo hacemos nosotros?

—Nosotros sí conversamos de la manera en que ellos lo hacen.

—¿Seguro?

—Seguro.

—No me quiero ir.

—Volveré en un par de horas. Espérame.

—No lo sé. Tengo clases por la tarde.

—Ordena algo para almorzar en el *room service* y anda

a tus clases. Me da pena que faltes a la universidad, pero regresa. Te estaré esperando.

—Te voy a extrañar.

TRES

UN DETECTIVE SALVAJE

UN CÁLIDO HAZ DE LUZ ILUMINA SU MEJILLA Y CABELLOS CASTAÑOS. MATEO NO SE DESPIERTA DEL TODO HASTA LAS SIETE, CUANDO AQUELLA LUZ GANÓ INTENSIDAD. Estira las piernas y los brazos; abre los ojos y los cierra al instante cegado por la luz. Los abre nuevamente: migajas de polvo —como polvo estelar— vuelan en el aire tan lentamente que Mateo piensa que se han quedado allí, súbitamente fosilizadas. Las contempla con la certeza de que caerán de nuevo sobre las sábanas, como creía que era lo lógico, pero las migajas se escapan por la ventana, absorbidas por una fuerza desconocida.

—Así es como la casa se limpia. Simplemente el polvo se escapa por el tragaluz de la cocina o por alguna ventana abierta y desaparece. Es un servicio automático de limpieza. Es igual con las camas. La tuya ya debe de estar tendida y tan templada como un cuchillo, sin una sola arruga —le dice Ribeyro luego de su primer sorbo de café matutino.

—Como dijiste anoche, junto a mi cama apareció un escritorio, una cajetilla de cigarrillos, este traje y esta camisa... pero también una Remington. Eso no lo entiendo, ¿por qué me han dado una máquina de escribir?

Pasos. Los escalones de madera crujen.

—Esto me recuerda una escena del sombrío y sangriento Quentin Tarantino —dice Bolaño ensimismado en encender un cigarrillo.

Rasca el fósforo contra el lado lijado de la pequeña caja y se apoya en la baranda de la escalera. Mateo cree estar viendo a Arturo Belano.

Daba la impresión de que Bolaño escribía como Kafka dijo, creo, que debería hacerse: escribir como si estuviera muerto. Y esto me recuerda la forma como Jacques Rigaut apostrofaba a sus amigos dadaístas menos radicales: "Vous êtes tous poètes et je suis du côté de la mort". Y a los muertos, si no otra cosa, la sinceridad se les supone. Pero olvidemos ya los estornudos y sus miasmas y leamos o releamos a Roberto Bolaño. Un autor del que Vila-Matas dijo: "Con la muerte de Bolaño empieza una leyenda". Una leyenda que sería plenamente merecida tan solo con Los detectives salvajes, calificada por Masoliver Ródenas, perfilando el leitmotiv, como "una de las mejores novelas contemporáneas, escrita por un chileno que reside en Cataluña". Un escritor chileno cuyo único pasaporte fue chileno, aunque Bolaño, siempre incómodo, siempre a contrapié, matizaba: "Muchas pueden ser las patrias, pero uno solo el pasaporte, y este pasaporte, evidentemente, es la calidad de la escritura".

Roberto Bolaño, un perro romántico, un perro rabioso, un perro apaleado, que nunca renunció a su "deseo de quemar el mundo", y también "un príncipe dulcísimo", según el epitafio de su querido Nicanor Parra. Roberto Bolaño, que escribió a modo de epitafio propio: "El mundo está vivo y nada vivo tiene remedio y esa es nuestra suerte".

El optimismo de la voluntad[1]

—¿La película de la semana pasada? —pregunta Ribeyro.

—Estamos aquí, tres tipos conversando en la cocina de un vecindario suburbano, es una mañana cualquiera y fumamos... Solo falta el cadáver con los sesos desparramados en el asiento trasero del Chevelle Malibu aparcado en la cochera.

—¿Ustedes ven películas?

—En el televisor del *living* —responde Bolaño.

Mateo se percata por primera vez de la presencia de un Rogers Majestic, camuflado como un mueble por su diseño en madera.

—Todos los martes a las ocho de la noche el aparato se enciende, justo cuando está empezando una película, un clásico de los clásicos. El martes pasado tocó *Pulp Fiction* —cuenta Ribeyro.

—Esta es una mañana cualquiera, pero no para mí —dice Mateo.

Ribeyro toma un saco que parecía estar a punto de caerse de uno de los sillones y anuncia que visitará a unos amigos. Bolaño se acerca a Mateo, lo besa en la mejilla y lo abraza.

—Es poco el tiempo, ¿sabes? —pregunta Bolaño asumiendo que Mateo conoce la respuesta.

Apoyado en la baranda de la escalera, se acomoda los anteojos de marcos gruesos y negros. Una barba crecida de algunos días, el cabello destejido, un traje gris, camisa blanca y una media sonrisa.

—¿Para la vida? Pues, sí.

—Yo siempre aguardé la muerte, impaciente. La esperaba

---

[1] Herralde, J. (2009, p. 172). Fondo de Cultura Económica

durante la noche, cuando hablaba con los amigos en un bar, en los silencios de las conversaciones incómodas. De algún modo, morir me liberó de la angustia de no saber cuándo sería mi turno. ¿Tuviste dinero? Digo, ¿mucho dinero?

—No lo sé.

—¿Qué es lo que no sabes?

—Pues si tuve mucho o poco dinero. ¿Cómo podría medir eso?

—¿Pensabas en el dinero? ¿Buscaste tenerlo? ¿Era una de tus principales motivaciones?

—Trabajaba. Escribiendo, claro. Tenía dinero, pero no pensaba en el dinero. Comía, bebía, me compraba la ropa que me apetecía, aunque nunca me ha gustado acumular. Tenía un auto al que le echaba gasolina, me compré un departamento y pagaba recibos por servicios que no sabía que tenía; salíamos a comer y a beber con mi novia casi todas las noches. Ciertos días por la mañana una señora entraba a la casa; creo que Mariale le abría la puerta o le había dado una copia de la llave. Limpiaba los baños, tendía la cama, ordenaba el desastre de mi escritorio y preparaba algo de comer. A veces la encontraba llorando en la cocina; otras, cantaba mientras barría en la sala y en los pasadizos. Pero no, nunca me fijaba cuánto dinero tenía en el banco. Solo sospechaba que contaba con lo suficiente para pagar la cuenta en los restaurantes.

—Entonces tuviste dinero. Yo contaba las pesetas y me prestaba algo para desayunar un café con leche y bizcochos; pero nunca fui un imbécil.

—Yo sí, es probable. No lo sé. Siempre me importaron muy poco los pobres. ¿Eso me hace un imbécil?

—¿Alguna vez has estado bajo la lluvia en una ciudad que no conocías completamente solo?

—En Santo Domingo. Estaba hospedado en uno de esos *resort all inclusive* de playa, en donde comes y bebes todo lo que te entre en la panza contemplando el mar. Una noche salimos con unos amigos a una discoteca de la ciudad, a unos diez kilómetros del hospedaje. En el lugar había mucha gente y demasiado ruido. Perdí de vista a mis amigos. A la mañana siguiente me enteré de que se fueron a otro bar, que trataron de encontrarme sin éxito. Tuve que regresar a pie al hotel mientras llovía.

—Eso es una aproximación lejana... Entonces... entonces, ¿te arrepientes?

—Creo que acabo de decírtelo.

—Quiero que me lo digas.

—Me arrepiento.

—¿Qué te hacía feliz?

—Escribir.

—¿Desde los huesos?

—Sí, sí.

—Continúa escribiendo entonces. Nada te lo impide. ¿Es este un paréntesis interminable, infinito? Quién sabe. Pero no hay ficción en tu nuevo estado incorpóreo. Lo único real es esta nueva existencia y tu propia literatura. El sentido de escribir no radica en que te lean, sino en que te leas a ti.

Expeliendo el humo por la nariz y mirándolo a los ojos, con las pupilas rojas y dilatas, le advierte:

—Todo ha cambiado, menos tú. Acompáñame. Daremos un paseo.

MATEO

La playa en donde nos ocultábamos del mundo se encontraba a varias horas en auto hacia el sur. La ruta desaparecía del mapa cuando una carretera de tierra se conectaba con el desierto, donde era posible hallar restos de cetáceos prehistóricos. Fue un trayecto agotador, pero valió la pena. El paisaje era más hermoso de lo que me habían contado. Escuadrones de pelícanos se zambullían en un mar en calma mientras incontables cormoranes planeaban bajo un cielo sin nubes. Los peñascos formaban algunas piscinas naturales a lo largo de la playa. Las únicas construcciones eran casas de adobe sin luz eléctrica ni agua potable, separadas a una considerable distancia entre sí. En una de ellas vivía un matrimonio que alquilaba las casas a un precio muy bajo. Rentamos una de las más alejadas.

Conocí a Tania en un bar en el que me emborraché como nunca antes. No me gusta tomar mucho, pero esa noche mis amigos se fueron, y yo me quedé porque no quería que la noche terminara. Tenía miedo de dormir y de despertar otra vez, como todos los días. Le conté que estaba a punto de casarme y de pedir un crédito para comprar un departamento a plazos; que lo detestaba, así como el camino que tomaba con el auto para ir al trabajo por las mañanas; que tenía que hacer algo pronto porque esta ciudad me estaba destripando, y que su sonrisa era lo más puro que había visto en mi vida; que sus ojos eran muy bonitos y muy dulces, pero si los observaba con detenimiento eran también tristes y melancólicos. Tania estaba tan de acuerdo conmigo que conversamos hasta que nos echaron del bar y nos fuimos a su casa. Ella me besó primero. Yo nunca me hubiera animado a pesar de mi borrachera. Hicimos el amor y me dormí arropado en sus brazos; aun así tuve pesadillas. Solo concilié el sueño durante pocas horas, luego de picotear los libros inquietantemente ajados que tenía en su mesa de noche: las puntas de las páginas de *El Aleph*, *Ficciones*, *Moby Dick*, *Historia de cronopios y de famas* y uno de Dickens estaban dobladas, ciertos párrafos habían sido subrayados y fuera de los márgenes figuraban anotaciones escritas en una letra corrida y tan echada hacia adelante que no las pude descifrar. Apenas despertó le propuse venir aquí. Ella aceptó emocionada y con una sonrisa desbordante.

Dejamos las mochilas en la casa y nos metimos corriendo al mar. Me zambullí y comencé a bucear mientras pensaba en mi novia. Recordé esos días en que, atornillado en mi escritorio, miraba por los inmensos ventanales de mi oficina cómo los días se convertían en noches con tanta calma. Ensayé varias brazadas hasta que me alejé de la costa. Tania me esperaba en la orilla; la brisa levantaba su vestido tan corto. Entramos a la casa y la abracé. Mis dedos recorrieron las ondas de su espalda mojada. Acaricié sus cabellos con arena y mordí sus hombros, que empezaban a broncearse.

—Todavía no, Mateo, no seas así.

Abrimos las latas de conservas. Cuando terminamos ella se fue a caminar. Me recosté en la hamaca de la entrada con uno de los libros que encontré en su departamento. Leí hasta que me entró un sueño irresistible con el crepúsculo ardiendo en el cielo.

Tania me despertó besándome. La cargué, entrelazó sus piernas en mi espalda y la llevé así a la habitación. La penetré con una facilidad asombrosa, sentados al pie de la cama. De pronto oscureció casi totalmente. Solo reconocía ciertas coordenadas de su cuerpo: los dos lunares de carne en sus glúteos, sus pezones endurecidos y sus piernas interminables. Tania se movía como una ménade. Fue el mejor sexo de mi vida; se lo dije cuando conversamos, aún agitados y sedientos. Se quedó dormida al poco rato. Salí a recostarme de nuevo en la hamaca para continuar con mi lectura, pero algo me sorprendió a la distancia. Una luz, como la de un faro desde la lejanía del mar, destellaba en la playa. La repasaba tal como haría una gran embarcación que buscara a un náufrago. La luz se quedó quieta alrededor de varios minutos hasta que se desvaneció poco a poco.

Durante varias semanas la situación fue más o menos la misma. Lo mejor de todo es que dormía sobreprotegido por el mar sin tener ya pesadillas. Todos los días corría, hacía flexiones y nadaba cada vez más lejos, hasta que me dolían los músculos y tenía que regresar. Tania me observaba, tomaba el sol y su piel se oscurecía. Algunas tardes hacíamos el amor. Tardé poco en darme cuenta de que ya no teníamos de qué conversar. Para llamar su atención, le cité pequeñas partes de sus libros, los que ella había leído con tanto entusiasmo. Tania solo sonreía sin aportar nada a la conversación, quizá aburrida. Una vez le conté que los lugareños pensaban que esa extraña luz en el mar podría ser un barco fantasma condenado a no encontrar la ruta para volver a tierra, o una base extraterrestre que, por las noches, emergía del fondo del océano para cazar a los pescadores que se aventuraron a salir a alta mar. Fue inútil. A ella nunca le interesó el tema. Cada vez que la luz aparecía, se iba a acostar. Yo me quedaba viéndola con la esperanza de que su brillo me ilumine mientras leía, leía y leía. Cada mañana despertaba con la necesidad de que las horas pasaran deprisa para así ver de nuevo la luz. Fue una tarde después de almorzar en que le pregunté:

—¿Qué has escrito acá? —le señalé una anotación en *El Aleph*.

Me miró como si fuera un completo imbécil. Pensé que estaba molesta porque hacía varias noches que no teníamos relaciones.

—Yo no he escrito eso.

Miré el libro y me rasqué la cabeza.

—¿No es tuyo? ¿Esta no es tu letra?

—Este libro es de mi exenamorado, que es doctor, como los otros que tengo. Oye, tenemos que regresar. Mi departamento no puede seguir abandonado, y ya me quedé sin plata.

—Yo todavía tengo; no te preocupes.

—¿Y hasta cuándo? Tenemos que…

—No puedo volver.

—No tienes que darle explicaciones a nadie.

—A mi novia sí.

—Tu exnovia, ¿recuerdas? Nunca... Nunca terminaste con ella, ¿verdad?

—Nunca hablé con ella. Llamé a un amigo; él me dio la ruta para venir aquí.

En vez de gritarme me observó durante un tenso momento, destilando su decepción. Solo me habló nuevamente para amenazarme con que si por la mañana no regresaba con ella a la ciudad contaría dónde estaba para que me vinieran a buscar. Cuando cayó la noche aún seguía petrificado en la hamaca, esperando la luz. Siempre puntual, apareció a través de una neblina que se cernía sobre la costa. Apenas se detuvo corrí hacia el mar y nadé sin guardar energías para regresar. Entonces, la luz me iluminó. Cuando descendí a bucear en esa corriente oscura, que me arrullaba, sentí por primera vez lo que es la soledad. Al día siguiente, Tania se fue.

CUATRO

EL
DEPARTAMENTO

EL DÍA EN QUE LO CONOCERÍA SALIÓ A CORRER MUY TEMPRANO. Mariale se colocó los auriculares, encendió el iPod para que las canciones atronaran en sus oídos y pudieran bloquear los ruidos del exterior al menos durante la hora y media que le tomaría atravesar el malecón de cielo anubarrado y mar dormido. Había invertido mucho tiempo en seleccionar esas piezas musicales; añadir y eliminar pistas, esa era una tarea perpetua bajo el criterio prevalente más importante en una obra de arte para ella: que logre interpelar y enajenar su conciencia de la realidad.

Cuando regresó a casa notó que Letizia había recibido la visita de una de sus mejores amigas de la iglesia. Conversaban animadamente en el jardín, junto a la piscina, el horno de barro y la parrilla. Hola, mami, hola, tía, ¿cómo estás? ¿Te quedas a almorzar con nosotros? La amiga agradeció la invitación y se excusó con delicadeza porque ya era tarde para ella; su esposo la esperaba para almorzar también. La ama de llaves había abierto la cochera, señal inequívoca de que el auto de Ernesto estaría dando la vuelta a la esquina.

Cuando estaban en el umbral de la puerta despidiéndose, la ama de llaves les anunció que la mesa estaba servida. Ernesto se escabulló a la sala por el sombrío pasillo que conectaba la cochera con la cocina y se apuró en ingresar al comedor. La amiga de Letizia insistió en que debía irse. Apenas se fue, Letizia encendió el televisor de la sala, Ernesto almorzó a solas en el comedor y Mariale se llevó algo para comer a su habitación. El celular.

—Mariale, a las tres tenemos que ir al departamento que acabo de vender. ¿Te acuerdas, ¿no? —preguntó Daniela.

—Sí, ahí estaré. Ya me estoy arreglando.

—Menos mal. Nos reuniremos con mi cliente. Sé que no es construir un enorme edificio, pero algo es algo. También te gusta decorar, no te hagas. La venta incluye la decoración. Esa es la condición que me han impuesto, así que no me puedes fallar. Y algo más, ponte algo sexy: sutil y elegante, claro, pero sexy.

—Sé a lo que te refieres.

—Usemos esa arma. Apenas te vea se va a derretir, como todos. Solo trata de enfocarte; a veces parece que estuvieras en otra galaxia.

Se paró frente al enorme espejo vertical ubicado detrás de la puerta de su ropero, su preferido para evaluar si había combinado correctamente las prendas escogidas, si conformaban una unidad, si destacaban sus atributos físicos y si los accesorios, como aretes, pulseras o relojes, eran los indicados para complementar la imagen que estaba construyendo de sí misma. En ese momento trató de recordar la última vez en que sonrió contemplando el artificio efímero de su reflejo, pero no pudo hallar un momento en su memoria.

Mariale llegó a la cita un poco antes, y decidió caminar

por los alrededores. La reunión se daría en un edificio nuevo ubicado en un barrio que le era familiar. Muy cerca de allí, el chofer la llevaba de niña a recibir clases de ballet; recordó que esa academia tenía vista a un parque con enormes y centenarios árboles. En una oportunidad el chofer se demoró en recogerla; ella caminó entonces sola por el parque con su vestido, su tutú y sus zapatos de satén turquesas. Paseó durante un rato imaginando que se encontraba dentro de un enigmático bosque, y se sentó al lado de un surco que atravesaba las pequeñas colinas formadas por las raíces de los árboles. Los había retenido en su memoria como ríos caudalosos que conectaban con todos los parques de la ciudad, un mundo subterráneo que se extiende bajo las veredas, las aceras y las pistas. Días después, sumergida en el asiento trasero del auto rumbo a la siguiente clase, Mariale dibujó y pintó de turquesa un barquito de papel. Pensó que podría dejar que la corriente lo arrastre por el surco que continuaba su trecho debajo de la pista. Tal vez aparecería en otro parque lejano o quizá en el océano, de modo que su presunción habría sido cierta; pero sus padres la retiraron del ballet y la inscribieron en clases de piano sin consultarle.

El celular. Es Daniela otra vez: ¿por dónde andas? Ya estamos todos aquí. El tráfico, gorda. Imposible el tráfico, de lo peor. Llegaré en unos quince de todas maneras, responde relajada. Arrancó una hoja de su cuaderno de hojas turquesas. Luego de algunos dobleces, la convirtió en un pequeño barco de papel, muy parecido al que construyó cuando era una niña. Escribió con una caligrafía redonda en uno de sus lados «María» y en el otro, «Alejandra». Mientras subía por el ascensor imaginó en dónde podría estar el barquito en ese momento, qué surcos soterrados atravesaría, qué parques habría de visitar; tal vez una niña vestida de bailarina se toparía con él y lo rescataría de tanto andar a la deriva. Daniela le escribió un mensaje de texto que Mariale leyó cuando finalizó la reunión: por cierto, les dije que leíste su novela, y que te había encantado.

—¿Es verdad que te gustó la novela de Mateo? —preguntó Andra.

—Sí, le encantó, ¿no? —intervino Daniela.

—Me gustó mucho, así es —respondió Mariale.

—Las reseñas en los diarios son muy halagadoras, y casi está agotado el primer tiraje.

—¿Tan pronto? —preguntó Daniela.

—Así es. Estamos muy contentos en la editorial. Mateo es nuestro autor más joven. Todo hace indicar que se convertirá muy pronto en el más exitoso.

—Andra es mi editora, como podrán notar —intervino Mateo.

—No quiero ser entrometida, pero Mateo me pidió que lo acompañe para que pueda darle mi opinión sobre esta compra. Es algo muy importante para él. Bueno, para cualquiera, ¿no? —dijo Andra con autoridad.

—Sí, claro —dijo Daniela—. ¿Hay algo más que necesiten saber?

Mateo se alejó de la conversación, caminó por las habitaciones lentamente tratando de sentir la calidad del parqué, haciendo trazos con sus manos en silencio, mirando por las ventanas, tocando las frías y blancas paredes empastadas.

—El precio me parece un poco elevado —dijo Andra con gesto de fastidio.

—Es que estos *flat* vuelan. Están diseñados a la medida para jóvenes sin hijos, sobre todo por la vista al mar y la ubicación, que es inmejorable.

Mariale se fue detrás de Mateo, atraída por sus palabras precisas y la mirada segura que sostenía su rostro apacible. Mateo se sentó en cuclillas en una de las esquinas del dormitorio principal, señaló con su dedo índice la claraboya del techo y dijo:

—Dile a tu amiga que no se preocupe, lo voy a comprar. Por eso me encanta.

—Es muy hermoso.

—Entonces, ¿qué puedes hacer por mí?

—¿Qué puedo hacer por ti? Puedo rellenar estos espacios vacíos con cosas.

—¿Qué cosas?

—Las que tú quieras. Déjame prepararte una propuesta. Creo que puede ser lo que estás buscando.

Mateo miró a su alrededor: los espacios vacíos le transmitieron libertad, el olor de la pintura fresca confundido con la brisa del mar.

—De acuerdo.

Mariale estuvo a punto de alejarse de él con la intención de buscar a Daniela.

—He visto tu trabajo. Cuando estuve en Máncora me quedé unos días en una de las casas de playa que diseñaste. Eso es lo que no entiendo.

—¿Qué es lo que no entiendes?

—No entiendo cómo es posible que Mariale Finnart, la arquitecta de moda, esté disponible para decorar un departamento.

Mariale se sentó junto a él, también en cuclillas.

—Acabo de renunciar al estudio en el que trabajaba. Ahora estoy por mi cuenta. No tengo clientes; todos se los quedaron ellos.

—¿Así que no tienes algo mejor por el momento que decorar?

Mariale se encogió de hombros.

—Lee mi novela.

—¿Cómo?

—Léela, pero en serio. El protagonista es un arquitecto, aunque no sé nada de arquitectura o de diseño. Si lo supiera, yo mismo me animaría a decorarlo. No sé, tal vez puedas hallar allí algo valioso para tu propuesta, y dentro de unos días tomemos un café, ¿te parece?

—Está bien. ¿Es un trato?

—Es un trato... ¡Ah, cierto! Todavía falta una última prueba, la más importante —exclamó Mateo.

De uno de los bolsillos de su saco extrajo una canica; grande, pesada y turquesa. La lanzó hacia lo alto de la habitación vacía, rebotó una, dos, tres y cuatro veces, hasta que chocó con el zócalo y se escabulló rodando más allá del umbral de la puerta. Mateo fue tras ella. Mariale lo imaginó de niño jugando a las canicas en ese mismo lugar. Mateo regresó y le ofreció su brazo para que tomara impulso y pudiera ponerse de pie.

—Te la regalo —le dijo cuando Mariale logró erguirse por completo.

—Gracias, Mateo. Qué linda, me encanta.

Luego de depositar la canica en la mano de Mariale, en un gesto irreflexivo, la tomó de la muñeca con el objetivo de llevarla a la habitación en la que Andra y Daniela conversaban, aunque de inmediato la soltó, convencido de que la había incomodado, pero Mariale cambió la canica de mano y entrelazó sus dedos con los de Mateo, y así caminaron sin siquiera mirarse una vez.

—Ella no viene con el departamento, Mateo —advirtió Andra cruzada de brazos, evidentemente celosa.

—Lo compro. Este será mi hogar —le dijo a las tres—.

¿Puedo quedarme un rato más?

—Todo el tiempo que quieras. Le avisaré al portero.

Daniela le comentó a Mariale en el ascensor cómo se había disparado el precio del metro cuadrado en Lima en tan pocos años. Por eso tenemos que hacer una empresa juntas, gorda, seríamos las mejores: tú escoges y decoras las propiedades y yo las vendo al toque. Podemos usar un poco de tu fideicomiso como capital para arrancar, ¿no te parece? Mariale trataba de escucharla, pero no podía desprenderse de ella la imagen de Mateo de espaldas a los ventanales soleados de la sala, a contraluz. Lo imaginó en silencio caminando por las habitaciones, ya amuebladas, como si fueran páginas en blanco y las estuviera escribiendo. Le provocó tanto regresar para seguir hablando con él, pero se contuvo. ¿Y qué tendría de malo? Puedo decir que me he olvidado de algo y ya. ¿Estaría mal?

—Qué buena la estrategia de tomarlo de la mano, aunque fue muy mandado. ¿Puedes creer que la zorra esa de la editora me estaba pidiendo rebaja? Seguro se lo tira... de hecho que se lo tira. Entonces, ¿en qué quedaron finalmente?

Mariale pensó: esta chica es una cojuda, y respondió:

—Todo regio, gorda. Le presentaré una propuesta de *deco* en unos días y luego te hará la transferencia. No te preocupes, lo tenemos asegurado.

MARIALE

Los sábados, durante cada partido, nosotras y las chicas del parque Hernández nos sentábamos juntas para mirar a los chicos jugar mientras intercambiábamos casetes y escuchábamos música en nuestros Walkman. Todos íbamos a su parque o ellos venían al nuestro, según lo que tocara: fútbol, básquet o béisbol. En el centro del nuestro había una cancha multideportiva de losa y una pérgola. Los partidos de fútbol y básquet se jugaban aquí; el suyo siempre era el escenario de los partidos de béisbol: era mucho más amplio, el césped estaba casi siempre cortado al ras, y las pelotas no solían perderse entre las ramas de los árboles o mojarse cuando caían en los surcos de los canales de riego, como ocurría cuando éramos locales. En fútbol y básquet ganábamos o perdíamos por igual, el dominio no estaba definido; sin embargo, en béisbol no había dudas, ellos ganaban siempre. Su equipo estaba conformado por Álvaro, su pitcher; Marco, Miguel Ángel y Fabrizio cubrían las tres bases, y Paulo era el catcher. Los lanzamientos de Álvaro, muy veloces, hacían una curva que se agudizaba hacia el cuerpo del bateador. Todos los de ese equipo bateaban bien, pero Fabrizio solía desaparecer las pelotas detrás de los autos estacionados en las calles contiguas al parque. Para saber si había logrado un jonrón, solo era necesario cerrar los ojos y escuchar el sonido seco de la bola contra el bate. Los chicos usaban gorras, bates, pelotas y camisetas de los Dodgers y los Mets que sus papás les compraban en sus viajes a Estados Unidos. Era nuestro turno al bate, los del parque Hernández acababan de recibir su tercer *out*. De pronto, no sé por qué en realidad, ingresé a la zona del juego y me coloqué en el montículo de bateo.

—Quiero jugar —les dije a todos y a nadie a la vez.

—Erick, dile a tu hermana que no joda —ordenó Fabrizio.

—Déjala nomás; ella es así.

Me arrodillé en el césped y recogí mi cabello mientras decidía qué bate utilizar.

—El azul de aluminio —me dijo Paulo.

—¿Y los de madera por qué no?

—Los de aluminio son más livianos y el agarre de goma del azul metálico es nuevo; lo acabamos de cambiar.

—Está bien, confiaré en ti, Paulo.

—¿Segura que quieres hacerlo?

—Sí —respondí muy segura.

—Álvaro lanza fuerte y pegado al cuerpo.

—¿Y?

—La semana pasada golpeó a dos de tu parque; por eso no han venido. No le va a importar que seas mujer.

—Lo haré.

Álvaro miraba fijamente hacia el guante de Paulo desde lejos, imperturbable; estaba listo. De pronto, se encendieron los postes de luz.

—Ya son las seis. Seguiremos el próximo sábado. El marcador está 19 a 7. Vamos ganando los del parque Hernández, como siempre —avisó Marco.

Me encogí de hombros y dejé el bate sobre el césped. Noté que Paulo se estaba yendo y le dije:

—Me han contado que tienes una radio que graba casetes.

—Es un minicomponente; graba de casete a casete —me respondió algo apurado.

—Un favorcito. ¿Podrías juntar las canciones de mis casetes en uno solo? Aburre un montón cambiarlos a cada rato y rebobinarlos con el lapicero.

—Ajá.

—Toma, acá están todos. También hay uno regrabable. Y aquí mi lista: así quiero que aparezcan ordenadas.

—Lo haré el fin de semana. Para el lunes lo tendré listo, seguro.

—Mi dirección está en el papel. Me tengo que ir.

—Chau.

—Chau.

El lunes fui a casa de Paulo pasadas las tres de la tarde, pero sus abuelos me informaron que le tocaba entrenamiento de básquet con el equipo del colegio, y regresaría antes de las seis. Me quedé conversando con ellos por más de una hora. Les caí tan bien que me dejaron esperarlo en su cuarto. Ya en mi casa, pasadas las seis, tocaron el timbre. Mi hermano Erick abrió la puerta, y supe que era él. Empujé la puerta que Erick había dejado entreabierta, y al ver a Paulo lo noté algo intimidado por la mirada desafiante que le lanzaba mi hermano. Supuse que lo había estado interrogando.

—Hola, Paulo. Erick, dice mi mamá que se te está enfriando el café con leche. Y esto es mío —dije arrebatándole el casete— Gracias, y disculpa la insistencia, pero me aburro en la movilidad del cole —le expliqué.

—Ya me voy. Tengo que ir a comprar pan y otras cosas.

—¿Vas a Andalucía? Te acompaño, mi mamá quiere que le compre algo también.

Mientras caminábamos y oscurecía por las calles bordeadas por casas de dos pisos, rejas, jardines exteriores y azoteas grises, me contó que su abuela le había pedido comprar pan, mantequilla, Milo y café para el lonche. Andamos por Murillo hasta el cruce con Clement y entramos a Andalucía. A él lo atendieron primero, y luego se fue sin despedirse. Caminé rápido y logré alcanzarlo. Creo que demoró un poco en percatarse de que andaba a sus espaldas.

—¿Puedo hacerte una pregunta, Paulo?

Se detuvo sin darse la vuelta. Me coloqué frente a sus ojos, como si quisiera bloquearle el paso.

—Sí, sí.

—¿Es verdad que no tienes papás?

—Mi mamá vive en Estados Unidos; mi papá viene a visitarme los domingos. No están muertos —respondió sobrecogido y extrañado por mi pregunta.

—¿Te puedo hacer otra pregunta?

—Sí.

—¿Por qué caminas así?

—¿Cómo así? —respondió a la defensiva mientras me cruzaba de brazos al notar su desconcierto.

—Así, todo encorvado. Coloca los hombros hacia atrás. Tú eres alto. Mira hacia el frente. Las personas son enanas en el Perú, pero no por eso tienes por qué agacharte; que sean ellos los que se empinen para hablar contigo.

Me hizo caso. Mientras conversábamos comenzó a estornudar. Había aumentado la humedad en el ambiente, y creo que tenía rinitis. Aspiraba el moco y lo limpiaba con la manga de su casaca.

—¡Ya basta!

—¿Qué? —respondió asustado.

—Suénate acá, Paulo —le dije sacando un pañuelo de mi bolsillo.

—No… ¿Qué te pasa?

—Hazlo. Es horrible que te estés comiendo los mocos; ya no eres un niño.

Puse el pañuelo tan cerca de su rostro que era más sencillo hacerlo y sortear con rapidez aquel mal rato para él que contradecirme.

—¿Ya ves? Mucho mejor.

—¿No te dio asco?

—No. ¿Debería darme?

—Me tengo que ir a mi casa.

—¿Puedo llamarte un día de estos?

—Está bien. Mi mamá me envió un teléfono inalámbrico para que converse en mi cuarto con ella cuando quiera.

—¿Me das el número? Mi teléfono está en la sala, y lo uso cuando ya todos están acostados.

Me lo dictó y lo apunté en mi brazo.

—¿Irás al cumple de Vanessa el viernes? —le pregunté.

—¿En su casa? No me ha invitado.

—Nos juntaremos en mi parque a las ocho. ¿Quieres venir? Yo te invito. Puedes traer a tus amigos.

—Ya.

Aquella noche, Paulo llegó junto con Fabrizio, Marco y Álvaro a nuestro parque. Notaron que estábamos reunidas en la pérgola y se acercaron.

—¿Y los hombres? —preguntó Fabrizio.

—Están en otro cumple; vienen después —respondió Carmen.

—¿Trajiste todo? —preguntó Vanessa.

Carmen llevaba bajo el brazo un Baldor, tijeras y un tablero de ouija. Nos sentamos todos y las chicas amarraron las tijeras al libro con una pita gruesa.

—Dicen que, si quieres saber cómo te verás de viejo, tienes que colocarte frente a un espejo a las tres de la madrugada en una habitación cerrada y oscura. Enciendes una vela y te verás con canas y arrugas. Y si no te ves es porque morirás joven —dijo Vanessa mientras todos la contemplaban emocionados.

—¿Crees en eso? —me preguntó Paulo en voz baja, sentado a mi costado.

—Hay algo en lo que creo. No sé si decírtelo. Vas a creer que soy una loca.

—Dime, normal.

—Puedo ver a las personas de noche cuando duermen; a mis papás y a mi hermano; también a mis amigas durmiendo cada una en sus cuartos. Vuelo por las calles de madrugada, sola.

—Ajá —respondió confundido.

—Pero solo puedo volar a lugares que conozco. Por eso fui a buscarte el otro día a tu casa. Sabía que no estarías, pero igual le pedí a tus abuelos para esperarte en tu cuarto. Quería recorrer un poco tu casa para visitarte por las noches. ¿No me crees? ¡Claro que no me crees! Te lo puedo demostrar. Anoche fui a verte. Tus abuelos duermen en camas separadas. Tu mamá llamó a tu abuela luego de hablar contigo y conversaron hasta tarde mientras tu abuelo leía el *Reader Digest*.

—¿Cómo puedes hacer eso? —me preguntó intrigado.

—No pasa siempre, solo cuando soy consciente de que me estoy quedando dormida. Cuando abro los ojos me veo durmiendo desde el techo de mi cuarto. Entonces puedo atravesarlo todo y volar por las calles.

—¿Puedo hacerlo yo?

—Tal vez.

—Lo intentaré esta noche.

—Te daré tres consejos entonces. Primero: no puedes soñar o tener pesadillas. Uno sueña porque ha dejado algún tema inconcluso durante el día; así que escribe en una libreta todos los temas pendientes que debes atender al día siguiente, así los liberarás de tu cabeza. Segundo: tienes que dormir cansado; no solo tu cuerpo, también tu cabeza tiene que estar agotada. Lee un libro, al menos unas cuarenta páginas. Y tercero: recuéstate boca abajo, estirando brazos y piernas, cierra tu puerta y apaga el televisor. Si lo haces hoy, búscame. Te estaré esperando.

Esa noche lo esperé en la puerta de mi casa. Me contó que lo intentó apenas notó que sus abuelos habían apagado las luces de su habitación, y luego de leer algunas páginas de la *Divina Comedia*. Se recostó boca abajo mirando su brazo derecho extendido. De pronto, su cuerpo se hacía cada vez más pesado. Cerró los ojos con fuerza y de repente ese peso desapareció; el desprendimiento fue casi instantáneo. Sintió algo similar a un golpe seco, como cuando se abre por primera vez un frasco de mermelada. Se vio flotando en la habitación en penumbras mientras su cuerpo yacía sobre la cama. Se asustó, y luchó por retomar el control de su cuerpo mientras su corazón latía con mucha fuerza. Volvió a intentarlo, pero demoró algunas horas en conseguirlo. Voló por el pasadizo del segundo piso, salió de su casa y anduvo por su parque viendo a uno que otro auto atravesar las calles alumbradas por los postes y las luces de algunas casas que permanecían encendidas. Apenas lo vi, lo jalé y volamos sobre las azoteas. No movía los labios, pero lo escuchaba perfectamente en mi cabeza. Al día siguiente, luego del colegio, hablamos por teléfono, y acordamos volar por las noches. Nos sentábamos en las bancas de los parques y conversábamos de cualquier tema; caminábamos por las avenidas vacías y visitábamos a nuestros amigos en sus casas mientras dormían o veían televisión.

—Tengo algo que contarte. Mi mamá me llamó hoy. Quiere que vaya a vivir con ella —me dijo una madrugada.

—No puedo volar tan lejos.

—Seguro que nos veremos pronto de nuevo. De hecho, regresaré dentro de unos meses para visitar a mis abuelos.

Nos encontramos en mi parque la noche previa al viaje. No dejamos de besarnos, y nos abrazamos en todo momento con mucha fuerza.

Me llamó desde Phoenix apenas llegó, luego al día siguiente, y así durante muchos días. Pero luego nos comunicamos esporádicamente. Me enteré de que había terminado la High School, e ingresó a la universidad estatal. Investigué un poco, y hallé que esa universidad tenía una maestría en arquitectura y urbanismo. Me aceptaron con una beca completa.

CINCO

LA BIBLIOTECA

Bolaño y Mateo caminan alejándose de la calle residencial en la que está su casa. Ingresan a una de las cuatro avenidas principales de la ciudad, y luego de pocas cuadras llegan a la plaza central donde aquellas serpenteantes vías confluyen. Durante la caminata, Bolaño responde con buen ánimo las preguntas atropelladas de Mateo acerca de sus libros, a la vez que le indica las casas de sus amigos más queridos, mientras se saluda con quienes se encuentra a su paso; los abraza con entusiasmo y se los presenta a Mateo. Escritoras y escritores de todas las épocas le preguntan sobre las circunstancias de su fallecimiento y sobre lo que está escribiendo, intercambian abundantes recomendaciones de lecturas y acuerdan reunirse en alguna banca para disfrutar de los atardeceres; a veces rosados, otras morados. Mateo escucha rumores sobre unos pocos residentes que ya fueron trasladados al Paraíso sin alguna razón aparente, como consecuencia de decisiones aleatorias, algo que desconcierta a los actuales residentes, y ha generado diversas especulaciones y teorías conspirativas, aunque sin mayor sustento. La caminata concluye cuando se detienen enfrente del edificio más alto e imponente de la plaza central y de la ciudad, la Biblioteca:

El universo (que otros llaman la Biblioteca) se compone de un número indefinido, y tal vez infinito, de galerías hexagonales, con vastos pozos de ventilación en el medio, cercados por barandas bajísimas. Desde cualquier hexágono, se ven los pisos inferiores y superiores: interminablemente. La distribución de las galerías es invariable. Veinte anaqueles, a cinco largos anaqueles por lado, cubren todos los lados menos dos; su altura, que es la de los pisos, excede apenas la de un bibliotecario normal. Una de las caras libres da a un angosto zaguán, que desemboca en otra galería, idéntica a la primera y a todas. A izquierda y derecha del zaguán hay dos gabinetes minúsculos. Uno permite dormir de pie; otro, satisfacer las necesidades finales. Por ahí pasa la escalera espiral, que se abisma y se eleva hacia lo remoto. En el zaguán hay un espejo, que fielmente duplica las apariencias. Los hombres suelen inferir de ese espejo que la Biblioteca no es infinita (si lo fuera realmente ¿a qué esa duplicación ilusoria?); yo prefiero soñar que las superficies bruñidas figuran y prometen el infinito... La luz procede de unas frutas esféricas que llevan el nombre de lámparas. Hay dos en cada hexágono: transversales. La luz que emiten es insuficiente, incesante.

La Biblioteca de Babel[1]

---

[1] Borges, J. (1944, p. 38). En *Ficciones*. Emecé Editores

Bolaño y Mateo atraviesan la puerta giratoria contenida en una alta estructura cilíndrica. En el vestíbulo se despliegan varios caminos: salas de lectura al centro, izquierda y derecha, y una escalera de mármol con balaustradas que conecta el primer piso con el resto del edificio.

—¿Te gustaría leer?

—¿Me lo presentas?

—¿A quién? ¿A él?

—Sí, a él.

—Podemos intentarlo, aunque estoy seguro de que no nos hará mucho caso. El tipo solo responde preguntas muy puntuales sobre los procedimientos de la Biblioteca. Si se trata de cualquier otra cosa, escribe una bibliografía de consulta muy detallada sobre el tema en varias fichas, junto con los números de los anaqueles y los pisos correspondientes.

—¿Aunque sea algo referente a sus libros?

Bolaño sonríe mientras suben por las escaleras hasta alcanzar el último piso, el catorce.

—Cuando se trata de sus libros, te pide que busques la ficha correspondiente a tu pregunta en un fichero de su oficina, la cual contiene una larga lista de títulos que debes leer para que tú mismo la respondas. En la parte inferior derecha de la ficha, a modo de pie de página, está indicado que, en caso no haya sido respondida la pregunta luego de finalizada la lectura de todos esos libros, puedes reformular tu pedido, siempre y cuando expliques por qué no hallaste la respuesta en la bibliografía de consulta. La pregunta o preguntas subsidiarias de la pregunta principal deben de ser escritas a máquina y a espacio y medio en una o en varias fichas similares... pero no tiene caso.

—¿Por qué?

—Porque no responde la pregunta. Nunca la responde.

Te entrega una bibliografía complementaria más larga que la de consulta.

—¿Y cuándo te la entrega?

—En la ficha está indicado que no se puede asegurar un día exacto de respuesta. Eso sí es comprensible, ya que debe leer todo lo que ingresa en la Biblioteca.

—¿Acaso llegan nuevos libros aquí?

—En efecto, cada momento. Todo lo que se publica en el Mundo está aquí. Aparecen en el escritorio de su secretaria, Matilde Urbach, luego ella se los entrega después de registrarlos e indexarlos. Borges los lee antes que nadie, escribe una reseña muy factual de cada uno, coloca datos precisos e información utilitaria y los deriva a la sección correspondiente. Lo mismo sucede cuando un autor termina de escribir un libro aquí; pero en ese caso cuenta con una presentación pública, a la que nunca acude. En reiteradas ocasiones se le ha invitado a integrar la mesa de los ponentes. Como te imaginarás, nunca ha aceptado; incluso nunca nadie lo ha visto ingresar a la sala de conferencias del primer piso.

—¿Ni siquiera ha presentado los libros que ha escrito aquí?

—Hasta el momento no ha escrito nada... Todo el tiempo lo ocupa leyendo, escuchando milongas o música celta, algunas veces *The Wall*.

—¿El de Pink Floyd?

—Lo escucha de madrugada y al más alto volumen, cuando las puertas están cerradas. Llegamos.

Se alejan de la escalera, caminan por el pasillo del piso catorce y cruzan los anaqueles y la sala de lectura. Borges está ensimismado en la lectura de unas páginas.

Me abro paso entre la muchedumbre en la calle Florida, entro en la flamante Galería del Este, salgo por el otro lado, cruzo la calle Maipú y, apoyándome contra la fachada de mármol rojo que lleva el número 994, presiono el botón que indica 6B. Entro en el fresco vestíbulo del edificio y subo seis pisos por la escalera. Toco el **timbre** y abre la empleada, pero, casi antes de que ella pueda invitarme a pasar, Borges asoma por detrás de una pesada cortina, manteniéndose de lo más erguido. Lleva un **traje gris** abotonado, una camisa blanca y una corbata apenas **torcida**, a rayas amarillas. Arrastra un poco los pies mientras se acerca. Ciego desde antes de la sesentena, se mueve de un modo **vacilante**, incluso en un espacio que conoce tan bien como este. Tiende su mano derecha y me da la bienvenida con un apretón distraído, deshuesado. Ya no hay más formalidades. Me da la espalda, lo sigo hasta el salón de estar y, una vez allí, se sienta erecto en el diván de cara a la entrada. Tomo asiento en el sillón a su derecha y él pregunta (pero casi siempre sus preguntas resultan retóricas): "Bueno, ¿y si leemos a Kipling esta noche?".

Con Borges[2]

Antes de cruzar el umbral de su oficina, más allá de algunos pequeños libreros, destaca el escritorio de Matilde Urbach, de mirada segura y transparente, con vestido azul, zapatos blancos y un collar de perlas, el cabello recogido desde la frente; a los lados unos largos mechones se mueven a disposición de la brisa. Bolaño le explica su intención de presentar a Mateo con el director de la Biblioteca como nuevo residente de la ciudad. Matilde asiente con la cabeza

---

[2] Manguel, A. (2004, p. 4). Siglo Veintiuno Editores

y se acerca al escritorio de su jefe. Fue solo un susurro en su oreja mientras él miraba a la nada. Borges marca con una ficha bibliográfica la página que está leyendo, acerca una carpeta de cuero con hojas en su interior y comienza a escribir. Luego de varios minutos, Matilde le entrega a Mateo una carta y se disculpa, ya que el bibliotecario no los podrá atender en ese momento. La carta está escrita con una caligrafía espléndida. En ella, le da la bienvenida y lo invita a conversar en el momento en que toma el té, a las cuatro de la tarde en el piso siete, entre los estantes diez y once, muy cerca de una enorme ventana con vista a la plaza principal. En la invitación no está especificada una fecha exacta, pero Mateo acude a la cita al día siguiente.

SEIS

CAFÉ ZETA

Mariale llegó antes de la hora acordada para escoger la mesa. Vestía un saco negro sobre una blusa blanca ceñida al torso. Su falda era gris y mantenía una altura de tres dedos sobre las rodillas (no se explica por qué aún seguía cumpliendo con esa regla, a pesar de que la odiaba cuando se la exigían las monjas en el colegio), pantimedias negras con tramas verticales y botas negras. Cruzaba las piernas mientras acariciaba la chalina turquesa, lo único de color en su atuendo, y sorbía un poco de café con Nutella. Mateo apareció en el café Zeta. Luego de intercambiar miradas y sonrisas, Mariale colocó un marcador turquesa en cualquier página del libro antes de cerrarlo y Mateo se acercó sorteando a los mozos.

—Es muy bueno. No, miento —Mariale se corrige al instante, ruborizada—. Es un libro increíble —dijo acariciando la cubierta de *Prosas apátridas*.

—Lo sé. Lo leí hace algunos años.

—Es el primero de Julio Ramón Ribeyro para mí.

—En mi caso se trató del último. Lo pedía prestado en la

biblioteca de la universidad. Entre clases lo único que hacía era leer.

—Tengo algo que te puede interesar —le advirtió de pronto Mariale.

—Bien. Me alegro de haberte contratado. Tengo muchas ganas de ver la propuesta de la decoradora de moda en Lima.

Mariale colocó la novela de Mateo sobre la mesa; él la miró con desconfianza, como si se tratara de un libro que hubiera sido escrito por alguien más. Las páginas estaban bastante manoseadas y con muchos *post it* adheridos. Cada uno servía para acuñar comentarios, preguntas o reflexiones que se desprendían de alguna línea o párrafo marcado por Mariale con su resaltador turquesa.

—Antes de presentarte mi propuesta para decorar tu departamento, quisiera hacerte algunas preguntas. Para crearte un espacio primero tengo que conocerte, al menos un poco, como tú mismo me dijiste, ¿recuerdas?

Mateo asintió con la cabeza, pidió un café expreso y un vaso con agua helada. Mariale se sentó muy derecha, apoyando la punta del lapicero sobre el cuaderno. Lo observó muy atenta, casi sin pestañear, y pensó: los hombres se desconciertan cuando tenemos el control.

—¿Te gustaría que tu departamento luzca igual que el de Lisandra?

—¿Estás hablando de la casa de ella en Cuba o la que años después comparten en Lima?

—La de Barranco. ¿Me permites?

Mariale se pone los anteojos y halla una página que había escogido previamente guiándose por uno de los *post it*:

En el barrio del Vedado, en La Habana, el silencio simplemente no existe; tampoco en las madrugadas. Las olas rebotan contra el muro de concreto del malecón habanero con aún más ferocidad durante

las noches de tormenta. No puedo dormir aquí, no
puedo, eso está claro. Durante la mañana estuve
marmoteando en la cama, entretenido por los gritos
lejanos de los turistas y los cubanos bohemios que
cantaban, bailaban y reían cada vez que los torrentes
sobrepasaban el muro y los bañaban con mar caribe;
una y otra vez, hasta que Lisandra despertó. Se puso
lo primero que tenía a la mano, se hizo una cola y
cerró la puerta muy despacio. Apenas se fue, abrí
los ojos. Su olor levitaba en la habitación, también
en los corredores de aquella casa de altos techos,
puertas pesadas y manijas de cobre. En la cocina
solo había fruta podrida, tallarines, una lata de
duraznos al jugo, un par de cervezas y algunos
platos sucios que reposaban en el lavadero como
barcos encallados. Aquel desorden me hizo sentir muy
cómodo. Se me antojaron los tallarines, pero no tenía
idea de cómo hacerlos. Opté por los duraznos y busqué
un abrelatas. Alguien abrió la puerta y repiquetaron
unos pasos apresurados.

—¡Darío! ¿Dónde estás?

Lisandra había traído todo para el desayuno
y una cajetilla de cigarrillos.

—¿Desayunamos en la terraza? —me preguntó.

Luego de que ella colocara la cafetera en el fuego,
noté que abría el pan con la mano. Fui a la cocina y
regresé con un cuchillo.

—No lo necesito, gracias —me dijo—. No hay
motivo para abrir un pan francés con el cuchillo;
por eso tiene una franja hundida en medio que lo
atraviesa, ¿ves?

—dijo partiéndolo en dos y llevándose una migaja a
la boca.

Dejé el cuchillo sobre la mesa y disfruté de la

vista junto con ella. El mar se podía ver a la derecha del firmamento, entre dos solares.

—Mira, allá está el...

—Sí —me interrumpió—. El mar puede disfrutarse plenamente desde aquí cuando no está nublado.

Lisandra tomó un cigarrillo. Justo antes de acomodarlo en sus labios, yo ya le había acercado el encendedor. Me agradeció con una sonrisa. Aspiró con delicadeza y lanzó un humo delgado, casi instantáneo.

—¿Sabes? No pareces el mismo de ayer... eres otro. Ahora siento que me gustas todavía más.

—Anoche estaba, no sé; parece que acabara de salir de una pesadilla.

Lisandra tenía un estilo tan sofisticado para fumar.

—¿Puedo?

—Claro, los que quieras.

Estuve muy consciente de que la nicotina y el alquitrán podrían acabar conmigo —como con cualquiera—, pero encendí el cigarrillo provisto de una valerosa ingenuidad infantil, como si hubiera cometido la primera travesura de mi vida. Lisandra me miró como si estuviera descifrando lo que yo sentía en aquel instante o se hubiera sentido así alguna vez. Dejó luego el cigarrillo en el cenicero, acercó su rostro al mío y abrió cuanto pudo sus ojos almendrados.

—La pesadilla aún no ha terminado, Darío. Todavía te falta algo por hacer. La cafetera comenzó a hervir. Me incorporé, serví para ambos y dije:

—A mí también me encanta el café expreso.

—¡No me cambies de tema!

Mateo interrumpe la lectura de Mariale.

—Es el lugar en donde siempre quise vivir, pero está incompleto.

—¿Por qué, Mateo?

—No era mi intención cambiar de tema.

—Nos conocimos en El Floridita, ¿eso lo recuerdas? Te acercaste a mi mesa; nos preguntaste de qué país éramos y si hablábamos español. Mi amiga se burló de ti, pero yo te seguí el juego. Lo hice para que no regresaras derrotado a la barra, a seguir bebiendo solo. No me arrepiento. Me dijiste que querías bailar conmigo, y también que eso de bailar con alguien es más íntimo que hacer el amor. Me lo dijiste muy serio y mirándome los labios. Por tu culpa dejé a mi amiga en el bar. Ahora me debe estar odiando. Nos fuimos a otro bar y bailamos una canción de The Smiths...

—*Bigmouth Strikes Again*. Eso lo recuerdo. Quise besarte, pero me rechazaste. Tomaste mi mano y vinimos aquí.

—Porque está vacío. No quiero rellenarlo solo con cosas mías. El de Lisandra tiene un tocadiscos, muebles antiguos restaurados, libros apilados por todas partes, pinturas incompletas, pinceles desperdigados en la sala y en su habitación... Tú solías pintar, ¿cierto, Mariale?

—¿Cómo sabes eso?

—Te lo preguntaron hace algunos años en uno de esos programas de entrevistas del cable para la farándula intelectual. Quisiste estudiar arte, pero finalmente ingresaste a la facultad de arquitectura.

—¡Cómo recuerdas eso! A veces es difícil hacer lo que te gusta, ¿no? Extraño mucho pintar, aunque sigo tomando fotografías.

—Cuando llegamos a tu casa bebimos dos botellas de vino en la sala, y me mostraste tus pinturas: la de tu abuelo leyendo el periódico en la cocina; otra de tu perro tomando una siesta bajo el sol de la tarde; y había una muy grande, un autorretrato: la noche de tu fiesta de promoción; tenías un vestido turquesa y te mirabas al espejo.

—Quise saber más de ti cuando te vi en ese programa, pero no encontré información. En esa época, Internet era otra cosa. Tuve que preguntarle a algunos contactos que tenemos en común.

—Me halagas, Mateo. ¿Y qué lograste averiguar?

—No habías terminado la universidad, pero ya trabajabas con clientes muy importantes. Estabas por viajar a Phoenix para estudiar una maestría.

—Me contaste que tenías programado un viaje en unos días, lo que daría por concluida tu estadía en Cuba. Que ganaste una beca muy difícil de obtener, pero que no la ibas a aceptar porque me conociste a mí —me dijo Lisandra sorbiendo un poco de café.

—Quiero quedarme contigo.

—Me fui persiguiendo a un chico que conocí cuando era tan solo una adolescente; nos íbamos a casar, pero todo terminó.

—¿Lo dejaste? ¿Él te dejó a ti? —pregunta Mateo.

—No lo sé.

—¿Cómo puedes no saberlo?

Mariale toma la taza de Mateo y bebe lo que queda de su café.

—Nos desconectamos. Yo lo hice y él también; eso es seguro. Al principio no nos podíamos dejar de tocar. Queríamos estar todo el tiempo juntos, pero luego nos apartamos. Por días, por semanas enteras, dejábamos de hablar. Por mucho tiempo estuvimos enamorados de las proyecciones que cada uno tuvo del otro mientras estuvimos separados, pero cada quien era diferente de lo que imaginamos. Apenas terminó la maestría me llamó para despedirse, y ya, no hemos vuelto a saber uno del otro.

—No quiero que **te** quedes solo porque nos acostamos anoche —me respondió Lisandra mirando hacia un pequeño y brillante pedazo de mar.

—Mariale, estuve cerca de casarme, tuve una novia, pero me escapé con otra mujer a una playa desierta cuando se acercaba la fecha de la boda. He salido con muchas otras; algunas mayores que yo, otras más jóvenes. Escribí ese capítulo del libro recordando los meses en que viví en Cuba estudiando un curso de escritura de guiones cinematográficos. También he estado en otros lugares, los he visitado solo y acompañado. De alguna manera siempre he estado buscándote a ti. Mariale, tú eres Lisandra —Mateo abre cuanto puede sus ojos tristes—. Escribí ese personaje imaginando que dormía contigo, pero también que despertabas a mi costado en un departamento que no tenía. Ya lo compré. Ahora solo faltas tú.

—¿Te sientes solo, **Darío**?

—Cuando **te fuiste** por las compras del desayuno, experimenté algo muy placentero estando aquí[1].

—¿Te sientes solo, Mateo?

Mateo toma la mano de Mariale y sus dedos se entrelazan.

—Ya no.

---

[1] Pelletier, M. (2005, p. 37-42). Editorial Serrantes

SIETE

LA FRONTERA

MATEO ESTÁ EN LA BIBLIOTECA DESDE LAS PRIMERAS HORAS DE LA MAÑANA. PIDE ALGUNOS LIBROS, PERO EN NINGÚN MOMENTO PUEDE CONCENTRARSE. Guarda su cuaderno de apuntes y sus lápices en los bolsillos del saco y decide explorar los recovecos del edificio, perderse un poco entre los estantes, las salas y los pasadizos. Luego de echar una mirada general a los empinados anaqueles de madera, Mateo descubre su funcionamiento. Los estantes, alineados como fichas de dominó, tienen al final de cada fila una ranura donde los empleados introducen la ficha llenada por el lector. Luego de un eufórico traqueteo, el libro solicitado se desliza pacíficamente por una bandeja. Un gran reloj empotrado en la pared anuncia el paso de las horas con paciente repicar, como la campana de una iglesia. Blindado por estantes que atesoran pesadas enciclopedias, observa al bibliotecario bajar por las escaleras con extremada calma, guiándose con las manos con pericia, como si hubiera memorizado la ubicación de todo el mobiliario: el hombre alto y encorvado, de traje y corbata negros y camisa blanca, se sienta en una mesa frente a un ventanal donde lo esperan un té y tres medialunas. Mientras se acerca hacia él comprueba algo de lo que se había percatado débilmente: desde su ingreso a la Biblioteca, alguien lo ha estado observando también y perseguido cautamente. Mateo tiene la certeza de que se trata de una figura ligera y delgada la que lo estuvo olfateando entre los corredores.

—Las bibliotecas, muchacho. Mi memoria me transporta a la biblioteca de mi padre en Buenos Aires. Alguna vez lo escribí, creo recordarlo. Estoy viendo a mi padre; veo la lámpara de gas; hasta podría tocar los anaqueles. Y aunque la biblioteca ya no exista, sé con exactitud dónde encontrar *Las mil y una noches* de Burton y la *Historia de la Conquista del Perú* de Prescott.

—Disculpe, pero he venido a...

—¿Siempre has sido tan impaciente? —pregunta Borges.

—Sí... no lo sé. Bueno, sí, creo.

—La ansiedad bulle en tu literatura por tramos como un géiser, muchacho. Las palabras están escogidas con corrección; también el estilo, la gramática, las estructuras, las líneas argumentales. Sin embargo, tu narrador se apura y atropella —bebe un poco de té, a modo de pausa—. Me refiero al tiempo.

—Mi cuento favorito escrito por usted es «La casa de Asterión», donde el narrador cambia de tercera a primera persona en el desenlace.

—Podrías detenerte en muchos detalles valiosos, a veces deliciosos. Y los silencios, algo subvaluado en la eterna tradición de la literatura. Las palabras son símbolos, son símbolos compartidos. La brecha que grita entre palabra y palabra, eso también es un símbolo compartido por los hombres, como también por los que alguna vez fuimos hombres.

—¿La brecha entre dos palabras?

—Un *thunder* tan poderoso que ha cavado en milésimas de segundo un abismo de una profundidad incalculable, y del que solo recordamos el estruendo que nos convirtió en mortales.

—¿El estruendo?

—El abismo.

—Hay un abismo que quiero cruzar.

—Tienes algo pendiente en el Mundo.

—¿Cómo lo sabe?

—Todos aquí tenemos un asunto que hemos dejado inconcluso. La familia, alguna persona en especial, el amor. Falleciste tan joven. Se te deben de haber truncado muchos planes.

—Sí, sobre todo con mi novia. Ella dependía mucho de mí y yo de ella. Quiero saber cómo lo está sobrellevando. Pero hay algo más. Se trata de un libro. Estaba escribiendo algo muy importante para mí; pensamientos inconexos e inclasificables, pero que hallaban sentido en el conjunto. Debe haber una forma.

—La hay. Puedes escribirlo aquí.

—Quiero publicarlo en el Mundo.

—¿Fama? ¿Dinero?

—Dinero. No dejé lo suficiente para quienes dependían de mí. Nunca pensé que moriría tan pronto, de aquella manera tan fulminante. Hubiera hecho planes, me hubiera esforzado más en adquirir mayores ingresos, no lo sé, algo, cualquier cosa.

—En el ensueño, muchacho.

—¿En el ensueño?

—Recuerda cuando te quedabas dormido; aquel estado en que dejabas de tener control de tu cuerpo, y eras atrapado por la inconsciencia.

—Sí.

—Las personas ingresan en el estado del ensueño durante el trance hacia la inconsciencia; dura solo un momento, unas pocas respiraciones. Es en ese momento en que puedes hablar con tu novia. Puedes verla, consolarla, incluso tocarla, aunque ella no sabrá que eres tú. No debes decirle nada de lo que ocurre aquí si es que quieres ingresar al Paraíso.

—Ella lo hacía antes. Mariale se desdoblaba desde que era una adolescente, abandonaba su cuerpo y volaba durante la madrugada, pero dejó de practicarlo con el paso de los años. ¿Cómo puedo...?

—Debes visitar el hotel Casino de la Selva, en la frontera entre la Ciudad de los Deicidas y el Infierno. Conversa con el guardián de aquella puerta. Él autoriza el turismo en aquella zona de amortiguamiento.

—¿Cuál es la ruta?

Dos cadenas montañosas atraviesan la República, aproximadamente de norte a sur, formando entre sí valles y planicies. Ante uno de estos valles, dominado por dos volcanes, se extiende a dos mil metros sobre el nivel del mar la ciudad de Quauhnáhuac. Queda situada bastante al sur del Trópico de Cáncer; para ser exactos, en el paralelo diecinueve, casi a la misma latitud en que se encuentran, al oeste, en el Pacífico, las islas de Revillagigedo o, mucho más hacia el oeste, el extremo más meridional de Hawái y, hacia el este, el puerto de Tzucox en el litoral atlántico de

Yucatán, cerca de la frontera de Honduras Británica o, mucho más hacia el este, en la India, la ciudad de Yuggernaut, en la Bahía de Bengala.

Los muros de la ciudad, construida en una colina, son altos; las calles y veredas, tortuosas y accidentadas; los caminos, sinuosos. Una carretera amplia y hermosa, de estilo norteamericano, entra por el norte y se pierde en estrechas callejuelas para convertirse, al salir, en un sendero de cabras. Quauhnáhuac tiene dieciocho iglesias y cincuenta y siete cantinas. También se enorgullece de su campo de golf, de multitud de espléndidos hoteles y de no menos de cuatrocientas albercas, públicas y particulares, colmadas por la lluvia que incesantemente se precipita de las montañas.

El Hotel Casino de la Selva se destaca en una colina ligeramente más alta en las afueras de la ciudad, cerca de la estación del ferrocarril. Está erigido más bien lejos de la carretera principal y lo rodean jardines y terrazas que en todas direcciones dominan un amplio panorama. Aunque palaciego, lo invade cierta atmósfera de esplendor desolado. Pues ya no es un casino. Ni siquiera se puede apostar a una partida de dados las bebidas que se consumen en el bar. Lo rondan fantasmas de jugadores arruinados. Nadie parece nadar jamás en su espléndida piscina olímpica. Vacíos y funestos están los trampolines. Los frontones, desiertos, invadidos de hierba. Solo dos canchas de tenis se mantienen en buen estado durante la temporada.

Bajo el volcán[1]

---

[1] Lowry, M. (1999, p. 23-24). Tusquets Editores

—La frontera de nuestra ciudad con el Infierno está hacia el sureste, tomando como referencia la Biblioteca. Camina hasta hallar un barrio aún no habitado. Lo reconocerás porque las fachadas de las casas todavía no han sido pintadas. Una de esas casas tiene la grama crecida. Allí es donde el bosque empieza. Cruza la cerca y aparecerá un nuevo sendero. Más allá, luego de recorrer catorce kilómetros, llegarás a un portón muy alto y muy grande entre la maleza irregular; en ese punto te encontrarás en los extramuros del Purgatorio. Luego de atravesarlo habrás de vislumbrar el hotel Casino de la Selva, encerrado por un cielo anaranjado ardiente, en lo alto de una colina. Más allá del *lobby*, la cancha de golf y la enorme piscina vacía, llegarás a unas canchas de tenis. Sobre ellas, en una terraza, encontrarás a Malcolm Lowry, embriagándose.

—¿Y cuando llegue allí qué tengo que hacer?

—Eso debe explicártelo él mismo, pero reflexiona sobre Asterión. En el cuento o en el laberinto, que es lo mismo, el Minotauro permanecía encerrado esperando a alguien que esté a la altura de convertirse en su redentor, así como estás tú ahora. La muerte, muchacho, también es una liberación, el desprendimiento del orden, regresar al polvo. Abandonar ese propósito que domina tu voluntad tal vez no sea una mala idea. Morir es espléndido de algún modo. Descansa en paz, Mateo.

Luego de despedirse, Mateo toma la ruta indicada y camina deprisa, entre el bosque que se vuelve más agreste a medida que avanza. Se detiene en un punto en el cual el hotel Casino de la Selva se vislumbra a lo lejos, una construcción que inspira lástima por su permanente decadencia, como si hubiera sido abandonada hace siglos. Se sienta en la grama y apoya la espalda contra una roca grande. Piensa qué decirle a Mariale, o cómo decírselo, qué palabras utilizar para tocar las emociones precisas y que recuerde el sueño como un mensaje, como un ruego.

—No he venido a persuadirte, créeme.

Matilde Urbach se aproxima desde el fondo del bosque. Su imagen taciturna se enajena de los árboles y los arbustos que se elevan a poco más de un metro.

—¿A qué has venido entonces? ¿Por qué me persigues desde la Biblioteca?

—Escuché tu conversación con Georgie. Quiero saber.

—¿Qué quieres saber?

—¿Por qué ella es tan importante para ti? ¿Qué la hace tan especial?

—Era mi novia. Estábamos enamorados.

—Alguna vez estuve enamorada también. Amé intensamente. Él murió primero, yo alcancé a disfrutar de una prolongada y tranquila vejez, junto con mis hijos y nietos. Con el paso del tiempo comencé a olvidarlo todo: su olor, sus caricias cálidas, su voz ronca hablándome intrascendencias por las mañanas. Dejé de amarlo antes de morir, pero él ya no estaba para confesárselo.

—El tiempo, claro. Me estás diciendo que deje que el tiempo haga su trabajo.

—A lo que me refiero, Mateo, es que nada dura para siempre. La muerte, la inmaterialidad, esto sí es para siempre, aunque hay momentos que sí lo son.

—¿Cuáles son esos momentos?

—Cuando conocí a Borges en Alemania; yo trabajaba en la biblioteca pública de Berlín. Fueron solo algunos minutos, pero muy intensos. Por eso acepté trabajar aquí, para cumplir con esta labor.

—¿Tuviste muchas parejas? ¿Novios?

—En mi época las cosas eran diferentes. No podías andar con uno y luego con otro. Me casé muy joven.

—Es una lástima.

Mateo se pone de pie y camina alrededor de Matilde. Ella lo observa erguida, con las manos entrelazadas.

—Cuando era joven, muy joven, casi un adolescente, solía conectar con algunas chicas. No solo me refiero a lo físico. Compartíamos los mismos gustos, intereses, nos hacíamos reír; pero cuando nuestra relación avanzaba, en algún momento, me alejaba de ellas. Inventaba una excusa para no verlas, las trataba mal, y luego de unas semanas dejaban de buscarme. Eso ocurría porque intuía que había alguien que me esperaba más allá, desde la intriga del futuro. Cuando conocí a Mariale supe que era ella a quien estuve aguardando por tanto tiempo. Lo supe, simplemente. Y cuando hablábamos, antes de ser pareja, cuando recién nos estábamos conociendo, me imaginaba compartiendo el resto de mi vida con ella, y no dejaba de sonreír.

—Lo que me cuentas... no tenía idea.

—No te confundas, Matilde. Yo he vivido más que tú.

OCHO

EL BOSQUE

TAL VEZ ESTA TARDE MARIALE SE LEVANTE DE LA CAMA. DÍAS, DÍAS Y DÍAS DE DESPERTAR SIN SABER CUÁNDO EMPEZÓ A DORMIR. ¿QUÉ HORA ES? ¿YA ALMORCÉ? ¿ES DE DÍA? ¿DE NOCHE? Los mechones de su cabello ocultan unos ojos enrojecidos, su mirada desorientada luego de que intentara dormir otra vez, abrazando a sus almohadas, acomodándose de mil posturas distintas y rogando por cerrar los ojos y dejarse llevar por el sueño. Durante el día, el celular. Uno de sus jefes, Daniela y otras amigas. La computadora, apagada desde hace mucho, reposa a un lado de la cama, debajo de unos papeles. Su correo electrónico está lleno de mensajes que preguntan por temas pendientes del trabajo, por citas a las que no ha asistido, por retrasos en los pagos de los servicios del departamento. De vez en cuando se levanta para husmear en el refrigerador o la alacena, y luego regresa a la cama para imaginar siempre lo mismo: una mañana sin ruidos, como solían ser los domingos, la calle en calma, un sol que no quema y el departamento deliciosamente desordenado; unos cuantos libros y revistas apiladas y desperdigadas en el comedor y la sala, junto con botellas de vino vacías y cajetillas de cigarrillos. El tablero con un plano a medio terminar, esperándola. Se levantan de la cama, ella se pone una polera de Mateo mientras él la besa abrazándola por la espalda. Hacen el amor sin prisa, disfrutando del olor de ambos y confundiendo sus sudores.

Mateo se desenreda de Mariale, se levanta, es hora de preparar el desayuno. La cafetera silba y el aroma se apropia de la mañana. Escoge un libro, Mariale lo espera en la sala. Un disco de vinilo, algo melódico y puro, suena en la tornamesa. Mateo está sentado sobre la alfombra, Mariale se recuesta sobre sus piernas dobladas mientras él lee. Cuando termina, se dan un beso casi instantáneo, son las once de la mañana. Mateo intenta abrir un vino, pero el corcho se rompe, y es imposible extraerlo. Mateo arroja la botella contra la pared. Las esquirlas vuelan apenas se produce el golpe seco y potente; el líquido se expande por las paredes ensangrentando la sala.

—¿Por qué tuve que morir? ¿Por qué tuve que morir, mi amor? —grita desesperado.

Mariale intenta abrazarlo, pero él desaparece. Despierta. Con los ojos cerrados, endurecidos, se esfuerza desde sus entrañas por aferrarse a su imaginación, a su pesadilla, pero le es imposible conciliar el sueño. Desesperada, deambula por las habitaciones, y recuerda cuando Mateo las recorría de madrugada. Ella a veces despertaba por momentos, y lo escuchaba moviendo trastos en la cocina o removiendo libros de los estantes. Ese ruido la arrullaba. Sabía que el amor de su vida andaba por allí, desordenando todo, a tan solo unas zancadas de distancia de su cama.

Lo decide. Saldrá a caminar. Adonde sea, qué me importa, piensa. Se viste con rapidez y se coloca un saco de lana gruesa que era de Mateo, con hondos bolsillos, que la cubre como una gabardina, y recoge su cabello con una cola. Abre uno de los cajones del escritorio de Mateo y toma sus cigarrillos. Es invierno en Lima. La humedad alcanza porcentajes insoportables, penetra en los huesos y se infiltra en las articulaciones. Camina por las calles vacías, evitando los charcos que va dejando la lluvia, y decide ir hacia El Olivar, un conjunto de amplios parques de árboles centenarios y encorvados alrededor de lagunas artificiales. Toma el sendero largo, de piedras pintadas de granate, que atraviesa todos los parques como una cuchilla. El primer cigarrillo golpea sus pulmones. No acostumbra fumar; solamente le robaba algunas pitadas a Mateo de cuando en cuando. Una brisa de garúa atraviesa su rostro y se adentra en el bosque ensombrecido. Divaga en la sucesión de momentos desde que Mateo irrumpió en su vida: cuando compraron los muebles para decorar el departamento, los viajes en tren por Europa y Asia, cuando salían a comer algún antojo por la noche en uno de sus restaurantes favoritos. Recuerdos sobre recuerdos. No logra vislumbrarse antes de conocerlo, como si antes de su relación con Mateo hubiera sido una versión incompleta e inestable de ella misma, como si él hubiera activado los circuitos dormidos en su interior para disfrutar de la vida plenamente. Piensa en sus padres como parientes lejanos a los que hay que soportar cada cierto tiempo; en sus amigas, que son tan pocas; en su carrera; en los proyectos que debe construir y están detenidos por su duelo. Cuando el frío nocturno le congela la nariz y los dedos, recuerda también un proyecto, trazado aún con desprolijidad en un plano que guardó en una de las carpetas que se trajo de la casa de sus padres. Lo había comenzado a dibujar cuando era estudiante de arquitectura y continuado con el paso de los años, con intermitencia, cada vez que tenía algo de tiempo libre. Se trata de una casa de campo de un solo nivel, sin divisiones interiores; un rectángulo largo que concluye en una mampara, la cual divide la casa del jardín y de una piscina aún más extensa que el área construida. Era la casa que iba a construirse antes de conocer a Mateo. Pensó utilizar el dinero heredado por su abuelo, guardado en un fideicomiso, a la espera de que se cumpliese la única condición estipulada en el testamento: casarse. Mariale no puede ver más allá del destello de su cigarro encendido y de la luz de luna, que prevalece después de atravesar las ramas de los árboles. En el inicio de su relación no se lo había dicho a Mateo por temor a que pensara que lo estaba induciendo a casarse con ella. Luego se lo comentó mientras desayunaban una mañana. Él le dijo que se casaría con ella cuando terminara el plano de la casa de sus sueños. He perdido mucho tiempo, demasiado tiempo, piensa. Cuando el sendero concluye y deja el bosque atrás, amanece.

NUEVE

BAJO EL VOLCÁN

SE CORRE LA VOZ EN TODA LA CIUDAD. Los residentes abandonan sus casas y ya especulan sobre el reciente rumor. Forman grupos para visitar la casa en la cual se contaría la historia. Los primeros visitantes asedian la entrada cuando Ribeyro remueve las estanterías y los cajones de la cocina.

—¿Qué te dijo cuando llegaste, Mateo? —pregunta Bolaño.

—¡Lo sabía! Señores, esta noche algo de licor raspará nuestras gargantas.

Ribeyro sirve ajenjo para los tres en la cocina. Bolaño permanece sentado con la silla al revés, apoya sus brazos cruzados sobre el respaldar y fuma un cigarrillo tras otro. Los residentes continúan llegando a la casa desde distintas zonas de la ciudad, envueltos en la noche silenciosa. Abren la puerta, se saludan entre ellos y van ocupando un espacio, sentados o de pie, en la planta baja de la casa. La botella pasa de mano en mano entre los oyentes y todos beben el ajenjo pendientes de la historia de Mateo como si escucharan un cuento alrededor de una fogata. El contenido de la botella nunca se agota por completo.

—Luego de atravesar la zona de las piscinas y las canchas de tenis, logré divisar su figura en una terraza, en lo más alto de un bloque de dormitorios en donde nadie parece haberse hospedado jamás. Me invitó a sentarme, sirvió un poco de mezcal para ambos y permaneció en silencio, pero me sostenía una mirada penetrante. Le dije que había leído sus libros, también le expliqué lo de mi novia, pero no me dirigía la palabra, solo mantenía esa densa mirada sobre mí. De pronto me preguntó:

—¿No vas a beber?

—No me gusta. Bueno, sí, un poco, pero, como le digo, he venido para que pueda ayudarme a...

—¿Un partido de dominó?

—Entonces entendí.

Todos miraron sorprendidos a Mateo.

—Quería conocerme, que habláramos un poco. Eso tal vez. O quizá quería algo de compañía.

—De acuerdo, pero lo he jugado poco.

—Despejó la mesa llena de botellas vacías y ceniceros desbordados de colillas, y repartió las piezas trajinadas de marfil negras con puntos blancos.

—Jugaremos a la mexicana.

—Está bien.

—¿Es cierto que vives con Roberto Bolaño, ese hijo de su puta madre?

—¡Ese hijo de su puta madre! —grita Bolaño.

—¿Cómo lo supo? —interviene Ribeyro.

—He recibido una carta de Borges en la que me solicita que acepte hablar contigo. Ya me explicó todo. No tienes que gastarte en ofrecer mayores detalles.

Lowry llenó los vasos nuevamente, colocó las fichas boca abajo y las revolvió.

—Cada cierto tiempo, específicamente transcurridos catorce amaneceres, Borges me escribe una carta contándome intrascendencias, pírricos milagros de su rutina, pero sobre todo me cuenta sobre los libros publicados en el Mundo que lograron cautivar su paladar; uno de ellos, el tuyo. Esas cálidas y cuidadas cartas las escribe con la intención de que me acompañen en la vastedad de mi desgracia, pero creo que es todo lo contrario.

—¡Quiero hablar con ella! ¡Quiero terminar el libro!

—Mira hacia allá, detrás de aquellos maizales. ¿Escuchas la peregrinación? ¿Logras divisar el humo que emana de las antorchas? Allá están esos malditos hijos de la chingada, esperándome.

—Es Cuernavaca, o Quauhnáhuac, como prefieras llamarla —interviene Bolaño—. Lowry no puede ir al Infierno. Es lo que siempre ha querido. Solo puede verlo desde aquella frontera. Ese es su castigo por ser un cabrón tan pendejo... y tan buen escritor.

—¿Puedo beber otro trago?

—Lowry sirvió otro mezcal para mí y también para él.

—Mariale, ella puede ayudarme.

—Puedes verla ahora. ¿Para eso viniste hasta aquí, cierto? Tienes que ir hacia Quauhnáhuac, atraviesa la peregrinación, pero no mires a nadie a los ojos; son demonios penitentes que nunca fueron humanos. Entra al pueblo, a sus caminos en pendiente. Deberás caminar mientras anochece. Cruzarás los umbrales de sus cincuenta y siete cantinas, y notarás que en una de ellas están Hemingway y Joyce hablando animadamente con el cantinero. No debes entrar allí a pesar de que te inviten a hacerlo. Sigue adelante hasta que la noche te cubra por completo. Más allá de aquella oscuridad estará tu novia. Podrás verla entre las sombras. Dile lo que quieras decirle, pero ya dependerá de ella si lo rescata de su inconsciencia.

—Lo haré.

—Escúchame bien, muchacho. Esto es muy importante. Si le cuentas algo de lo que ocurre aquí, no podrás volver. México habrá de abrazarte como el Infierno que siempre fue, y la luz será vencida por la oscuridad. Te quedarás en Quauhnáhuac para siempre. Por eso tienes que beber.

—¿Por qué tengo que beber —pregunta Mateo.

—¿Por qué tienes que beber? —pregunta Ribeyro.

—Afianza tu búsqueda de libertad y te libera del dragón nocturno. Si es mezcal, pues mejor. Yo bebo hasta la sobriedad —responde Lowry.

—¿Qué hiciste entonces? —pregunta Bolaño.

—Me despedí de Malcolm y caminé siguiendo los cantos de la peregrinación. Ocurrió todo lo que me dijo que pasaría. Acabo de regresar de Quauhnáhuac. La vi llorando mientras se quedaba dormida en nuestro departamento. No tuve que decirle nada. Ella lo hará.

—¿Cómo lo sabes? —pregunta Ribeyro.

La multitud que visita su casa y escucha la historia siente de pronto un calor que emana del ambiente, como si estuvieran alrededor de una fogata.

—Porque ya ha comenzado. Mis cuadernos estaban sobre nuestra cama.

LOS CUADERNOS

MARIALE ABRE SU CORREO ELECTRÓNICO. DE AQUEL ENJAMBRE DE MENSAJES SIN LEER, TRASLADA LA MAYORÍA A LA PAPELERA DE RECICLAJE, PERO HAY UNO QUE SÍ ATIENDE: ES DE LA DIRECTORA DEL MUSEO DE ARTE. Ella envía sus condolencias, pero también consulta cómo proceder con el contenido del casillero que Mateo tenía asignado en la biblioteca del museo. Cuando no quería que nadie lo encontrara, solía visitarlo para leer, escribir e investigar. Apagaba el celular y no avisaba a nadie que estaba allí. Cuando su llamada era conducida a la casilla de mensajes de voz, Mariale sabía dónde encontrarlo. Salía de la oficina a las seis de la tarde, se sumergía en el farragoso tráfico del Centro y luego de estacionarse atravesaba el Parque de la Reserva, una superficie irregular de grama y fuentes de agua cuyos chorros formaban figuras de colores en el cielo cuando ha oscurecido. En el centro del complejo está el Museo de Arte, una hermosa e imponente estructura neorrenacentista. Allí lo encontraba, en uno de los cubículos de lectura. No le avisaba de su llegada de inmediato; se quedaba mirándolo a unos pocos pasos a la espera que él se sorprendiera con su presencia. Luego ingresaban al café del museo, junto a una de las salas de exposiciones, decorado en estilo *pop art*. Mariale pedía unos platos para compartir mientras Mateo concluía con sus apuntes y lecturas. Tenían que pasar algunos minutos para que se desprendiera de aquel trance. Mariale no le dirigía la palabra, y aprovechaba para revisar los asuntos del trabajo en su cuaderno, hasta que Mateo le preguntaba de pronto si quería comer algo. Mariale siempre tenía un saco de Mateo en su auto para que él pudiera abrigarse un poco y a la vez estar en sintonía con los códigos de vestimenta de los eventos nocturnos. Era una costumbre para ellos quedarse y asistir a alguna charla, conversatorio o cóctel con el que se inauguraba una nueva muestra temporal en las salas del museo; algunas veces porque les apetecía disfrutar del evento, otras porque preferían esperar a que se relajara el hostil tráfico limeño.

Mariale encuentra en su casillero, el catorce, lápices Titan 2B, un tajador con barril, libros de bolsillo y los cuadernos en donde Mateo reunía apuntes, ideas y párrafos aislados de sus proyectos literarios. Antes de entregar la llave, se sienta una vez más en la terraza del café para revisar los cuadernos. Fueron numerados del uno al catorce en la primera página impar, y estaban escritos con una caligrafía horrenda, casi ilegible. Reconoce la mayoría, ya que entre la prosa había dibujos hechos por ella durante los viajes que hicieron, y recuerda cuando los estaba dibujando en algún lugar del mundo. Alza la vista. La ciudad se escucha a lo lejos con su tráfago demencial, pero sin que pueda tocarla; es como contemplar con curiosidad, lástima y condescendencia a unas bestias encerradas en un zoológico. Entiende por qué a Mateo le gustaba tanto estar ahí.

—Le agradezco por venir tan pronto, y nuevamente le extiendo mis condolencias por su pérdida —dice la directora.

Mariale le agradece con una sonrisa fugaz y responde:

—Dígame, ¿puedo quedarme yo con el casillero al menos por unas semanas? Tengo mucho que leer.

ONCE

LA
REMINGTON

Todos abandonan la casa estupefactos con la historia de Mateo; ensayan conjeturas y esbozan mapas de la ciudad y de sus linderos, como también del Purgatorio en su conjunto. Se preguntan: ¿en dónde estará la frontera con el Paraíso? ¿Quedará muy cerca? ¿Cuál será el camino para llegar? Algunos se alejan caminando confundidos, ensimismados en sus elucubraciones, otros se abren paso abrazados, en grupos embriagados y agotados, como si estuvieran abandonando el lugar de un prolongado y catártico concierto.

—Pero hay un problema —advierte Mateo a Ribeyro y Bolaño—. No he querido decirlo en presencia de los demás. Prefiero evitar que me acribillen con preguntas.

—¿Cuál es ese problema? —pregunta Ribeyro.

—Quiero añadir más párrafos. Lo que contienen los cuadernos está incompleto.

—Con la máquina Remington podrás hacerlo —dice Bolaño—. Le hice la misma consulta a Borges sobre *2666* apenas llegué aquí. La respuesta me la dio Matilde, por supuesto. Cuando quieras añadir algo en un texto aún inédito en el Mundo, escríbelo con la máquina y entrega las páginas dentro de un sobre cerrado en la oficina del bibliotecario. Por eso apareció en tu habitación, Mateo. El Consejero sabía que te dedicarías con empeño a concluir con tu libro; le quedó claro cuando conversaron.

—Comenzaré esta misma noche —dice Mateo y enciende un cigarrillo—. Ahora ya sé lo que debo hacer.

—Creo intuir por qué hacerlo en una máquina de escribir y no en una computadora —dice Bolaño.

—Cuando aparecieron las computadoras descubrí que detestaba las máquinas de escribir. Te ahorran un tiempo enorme. Debo reconocer que al inicio no sabía cómo manejarla. Incluso al principio perdía escritos de muchas páginas, que luego tenía que reescribir, pero finalmente llegué a dominarlas. Bueno, al menos la mía —dice Ribeyro.

—Sí, bueno...

—Por eso debes hacerlo en una máquina de escribir, Mateo —interrumpe Ribeyro—. Le darás redacción a esas líneas abrazado por el sosiego y la concentración de los escritores de nuestra generación. Los silencios a los que se refiere Borges aparecerán como hondos abismos entre las palabras, tal y como te lo dijo.

—Yo siempre he escrito en papel la primera versión —interviene Bolaño.

—¿Solo poemas? —pregunta Mateo.

—Sí, sobre todo, pero no solo poesía. Estaba acostumbrado a hacerlo, tinta sobre papel, a dibujar las palabras, como si también estuviera inventando las letras.

—Detestaba borrar en la máquina de escribir, tachar o volver a empezar con una hoja nueva de papel —dice Ribeyro.

—Escribir con la computadora o con la máquina de escribir es como follar con condón.

—Estoy de acuerdo —responde Ribeyro.

—Sí, sí —interviene Mateo.

—Pero yo tenía poco tiempo en los últimos años de mi vida —dice Ribeyro—; por el cigarrillo, claro está. Tuve que tomar una decisión. No me arrepiento.

—En Blanes, yo también tomé una decisión, al igual que tú, Julio Ramón: esperar que me toque el turno del trasplante, lo que nunca se produjo, o no esperar por nada, dejar de tener esperanza en factores invisibles que no estaban bajo mi control. Simplemente podía levantarme, desayunar un *croissant* y disfrutar de mis hijos cuando aún eran unos niños. Dejé de leer por primera vez en mi vida. Alcancé a verlos crecer mientras los días y las noches que me restaban se me escabullían de las manos.

—Para escribir tienes que dejar de vivir, abstraerte como un ermitaño, como un misántropo, recogerte en soledad. Perdí mucho de mi vida escribiendo. En Miraflores, frente al mar de Lima, lo había entendido ya —confiesa Ribeyro.

—¿Andabas solo en Miraflores en tus últimos años? —pregunta Bolaño.

—Por el contrario, me venían a buscar los amigos todo el tiempo. Vivía tranquilo, pero cuando todos se iban el cuerpo ya no me respondía, resistía el dolor y lamía mis lesiones como un animal herido... Podía sentir cómo la carne se pudría en mi interior. Pero los amigos siempre me hacían reír.

—Escribiste un último cuento —interviene Mateo— uno a modo de despedida, al menos lo entendí de este modo. Uno que poca gente ha leído, porque prefieren los otros cuentos, los que tratan sobre la frustración, o los que contienen un humor tan inteligente que para muchos pasa inadvertido.

—Mira, en efecto, no es un cuento sobre la frustración como los anteriores, ¿cómo podría serlo? Me compré ese departamento, tenía otro en París, me acababan de dar un premio muy importante. A media mañana tomaba mi jugo de naranja mirando a los tablistas doblegar las olas. Tenía dinero, amigos, cariño, estaba bien. ¿Cómo podría escribir como antes? —se pregunta Ribeyro.

—«Luego de unos días de mar en calma surgió la luna llena y las olas recobraron su brío. Bernardo las veía formarse muy adentro, crecer conforme avanzaban, encorvarse y proseguir su arrolladora carrera hasta reventar ruidosamente en un jubileo de espuma». Es la mejor definición que he leído sobre las olas —asegura Mateo.

—Muchacho...

—Lo sé —interrumpe Mateo—, sigo siendo un fanático.

—Bueno, entonces yo también recitaré un fragmento de memoria —propone Ribeyro—: «Pateé el cuerpo que estaba a mis pies y vi el Impala que por fin se movía. Vi salir a los dos matones del Camaro y los vi dirigirse hacia mí. Vi que Lupe me miraba desde el interior del coche y que abría la puerta. Supe que siempre había querido marcharme. Entré y antes de que pudiera cerrar Ulises aceleró de golpe. Oí un disparo o algo que parecía un disparo. Nos han disparado, hijos de la chingada, dijo Lupe. Me volví y a través de la ventana trasera vi una sombra en medio de la calle. En esa sombra, enmarcada por la ventana estrictamente rectangular del Impala, se concentraba toda la tristeza del mundo». ¡No jodas, Roberto, es una novela de puta madre!

—Yo les tengo una más, una que recito a veces, cuando me quedo sin palabras: «Nadie lo vio desembarcar en la unánime noche, nadie vio la canoa de bambú sumiéndose en el fango sagrado, pero a los pocos días nadie ignoraba que el hombre taciturno venía del Sur y que su patria era una de las infinitas aldeas que están aguas arriba, en el flanco violento de la montaña, donde el idioma zend no está contaminado de griego y donde es infrecuente la lepra». De puta madre, hijos de la chingada —se exalta Bolaño.

—Me gustaría leerles también, si ustedes permiten: «Muchos años después, frente al pelotón de fusilamiento, el coronel Aureliano Buendía había de recordar aquella tarde remota en que su padre lo llevó a conocer el hielo. Macondo era entonces una aldea de veinte casas de barro y cañabrava construidas a la orilla de un río de aguas diáfanas que se precipitaban por un lecho de piedras pulidas, blancas y enormes como huevos prehistóricos. El mundo era tan reciente, que muchas cosas carecían de nombre, y para mencionarlas había que señalarlas con el dedo» —cita Mateo.

—Escribiste un decálogo sobre cómo escribir un cuento, lo recuerdo —dice Bolaño de repente, liberándose del magnetismo de Macondo.

—Tú también —dice Ribeyro.

—Eso no es cierto. Solo fue un texto periodístico.

—«Nunca abordes los cuentos de uno en uno». ¿Qué era eso entonces? —dice Ribeyro.

—Una recomendación, no aspiraba más allá de eso: «El cuento debe partir de situaciones en las que él o los personajes viven un conflicto que los obliga a tomar una decisión que pone en juego su destino». Es el punto número ocho de tu decálogo. Me lo aprendí de memoria. No estoy de acuerdo.

—A ver —responde Ribeyro.

—Un cuento puede tratar sobre cualquier tema intrascendente, y aun así capturar la esencia de la vida y de la condición humana, como cuando atrapas a una mariposa dentro de un vaso. No tiene por qué producirse un conflicto o colocar al protagonista en el borde de un abismo.

—¿Te refieres, por ejemplo, a un cuento sobre un tipo que se levanta de la cama, desayuna con su esposa, caga en el baño y sale a trabajar? —pregunta Ribeyro.

—¿Te parece que el tercer capítulo del *Ulises* podría ser un cuento en sí mismo? —repregunta Bolaño.

—Eso realmente lo has planteado tú.

—¿Alguna vez estuviste en Dublín, Julio Ramón? ¿Y tú, Mateo?

—Nunca.

—Nunca.

—Desde la bahía de Sandycove el mundo es diferente; se aprecia de un modo muy distinto que en Blanes o en Lima; de eso pueden estar seguros. Joyce captura Dublín, tanto en *Ulises* como en el resto de sus libros, arriba de la tierra, mientras el tiempo arrasa a sus personajes como si atravesaran una tormenta. Desarrolla dramas pírricos en la cotidianidad pusilánime de sus personajes, de manera muy sutil, naturalista. Eso es un cuento en sí mismo.

—Por eso es una novela. Las barreras de los géneros están para transgredirlas. En eso creo que todos estamos de acuerdo, pero por algo Joyce condensó el *Ulises* como una novela y no como un conjunto de relatos —dice Ribeyro.

—Podríamos habérselo preguntado a él, pero está en el Infierno, junto con Hemingway —dice Mateo.

—No están condenados a quedarse allí. Solo beben en

esas cantinas porque les da la gana. Me lo dijo Matilde —responde Mateo.

—Pero ella no habla con nadie —dice Bolaño.

—Puedo contarles esa historia si no están muy cansados —advierte Mateo.

—¿Puede ser mañana? El televisor acaba de encenderse —indica Ribeyro.

Los tres acuden a la sala. *El Padrino* aparece en la pantalla del Roger Majestic.

—Es la primera. Tal vez transmitan la trilogía —dice Bolaño.

DOCE

UNA CONFESIÓN

—Sabía que te encontraría aquí —dice Andra.

—Siéntate, por favor, estaba por llamarte
—responde Mariale interrumpiendo su lectura.

—¿Así que los encontraste?

Mariale se encoge de hombros y rompe en llanto. Andra se sienta junto a ella y la toma de las manos.

—Aquí nos reuníamos para editar la novela. Eso fue antes de conocerte. Me respondía las preguntas que le hacía casi sin mirarme, y aceptaba la mayoría de cambios que le proponía. Nunca tuve su completa atención. ¿Me entiendes? Creo que eres la única que podrá entenderme.

—Sé a lo que te refieres.

—¿Sí?

—Sí.

—Mariale, tenemos que hablar de algo muy importante.

—¿Puede ser en otro momento?

—Iré al punto. Los padres de Mateo quieren que integres la sucesión de la herencia para que puedas recibir parte de los derechos patrimoniales de su obra. Ellos te adoran, y saben que Mateo lo hubiera querido así.

—De ninguna manera aceptaré eso.

—¡Me urge que se pongan de acuerdo! La muerte de Mateo ha generado que se mueva mucha publicidad alrededor de su nombre, como suele suceder cuando un escritor fallece, sobre todo uno como él con tanto futuro. La matriz quiere traducir su obra a varios idiomas y lanzar una edición de bolsillo de su última novela para el mercado anglosajón.

—Procede con Rosario y con Alberto. Yo no quiero los derechos de nada. Recuerda que ellos necesitan más dinero que yo. Ambos están jubilados, y la enfermedad de don Alberto es muy costosa.

—Por eso mismo. Este libro que está en los cuadernos podría ser un éxito rotundo de ventas. Es su obra póstuma.

—No es un libro como cualquier otro.

—Algo me comentó Mateo cuando estuvimos en la feria de Fráncfort. Entiendo que será difícil asociarlo con una categoría. Se puede publicar, pero hay que transcribirlo. Me llevaré los cuadernos para que puedan tipearlos en la oficina. Tú no te preocupes por nada.

—Es más complicado de lo que te imaginas, Andra. Mateo me hablaba frecuentemente de este proyecto. Hay algunos apuntes que dejó en casa que complementan las anotaciones de estos cuadernos, además de algunas ideas que solo me dijo a mí y he podido recordar. Transcribiré el libro a Word y te lo enviaré terminado yo misma.

—Muy bien. ¿Cuánto tiempo necesitas? ¿Un par de semanas tal vez? ¿Un mes?

—No lo sé. Mateo no comenzó este libro luego de terminar *Cierta gente que solía conocer*. Es un proyecto que lo acompañó desde que estudiaba en la universidad. Fue recolectando esos retazos, esos párrafos, durante años, y no solo en el Perú.

—¿Te refieres a que está incompleto?

—Debo ir a La Habana y Fráncfort. En los cuadernos está escrito en dónde están esos párrafos. ¿Te acuerdas de que él solía tomarles fotos a esos apuntes para transcribirlos luego? Pero nunca lo hizo.

—Sí, y luego dejaba olvidado el celular en alguna parte. Cuántas veces tuve que comprarle uno nuevo. Ya ni me acuerdo. Dime, ¿necesitas dinero? Puedo darte un adelanto de las regalías.

—Descuida, eso no es problema. Quiero que todo sea entregado a sus padres, como Mateo lo hubiese querido.

—Entiendo, pierde cuidado. Debo irme.

Andra se pone de pie y toma su cartera.

—Por favor, no le digas a nadie que estoy viniendo aquí.

—Mariale, es que nadie te ubica. Ayer me llamaron los de tu estudio a preguntarme si sabía en dónde podrías estar. Vas a perder el trabajo.

—Hoy dejé mi carta de renuncia en la oficina antes de venir para acá. Esto es más importante.

—Bueno, yo sí debo regresar al trabajo. No todas las personas tenemos tanta suerte. Escríbeme si necesitas algo, cualquier cosa.

Mariale se pone de pie, entrelaza las manos, y pregunta:

—¿Se acostaron? ¿Alguna vez? No me afecta ya, solo quiero saberlo.

Andra busca sus cigarrillos y un encendedor en su cartera, y camina hacia la terraza. Mariale la sigue.

—Una vez, cuando estabas de viaje, al poco tiempo de que se mudaron juntos, luego de un cóctel. Reímos juntos durante toda la noche, contábamos chistes; bailamos en una discoteca casi vacía. Cuando llegamos a tu departamento, bebió más y se quedó dormido en el sofá —Andra tira el cigarrillo que hace solo unos momentos había encendido y se cruza de brazos—. No me quise ir. Me entretuve dando vueltas por tu casa sin ningún propósito. De pronto lo escuché balbucear. Me acerqué, lo tomé del rostro, abrió los ojos y dijo tu nombre acariciando mi mano. Cuando cerró los ojos se la chupé por un rato hasta que me tomó del cuello y me tiró sobre el sofá. Me lo hizo como un perro se lo hace a una perra. Yo grité como nunca antes había gritado cuando su semen entró hirviendo en mi vagina inundada... Me quedé un rato acariciando su pelo mientras dormía y me fui. Pude ser tú, Mariale, al menos por un rato.

TRECE

CIEN AÑOS
DE SOLEDAD

Mateo escribe los párrafos adicionales que luego Mariale hallará en el ejemplar de La Habana. Ribeyro duerme en la sala, el televisor aún encendido es un desapacible ruido blanco. Bolaño escribe también en su habitación. Por su tecleo intermitente, parece que ensaya algunos versos. Frente a la máquina Remington había entendido que, más allá de las palabras, debía escribir continuando el torrente de un río, algo que nunca inicia o termina, tan solo transcurre. No hay que crear un artificio, solamente es necesario continuar con el devenir de la vida; o de lo que fue la vida, en su caso. ¿Por eso nuestras almas han sido confinadas a permanecer aquí?, se pregunta sin romper el silencio de la madrugada en la ciudad residencial del Purgatorio.

Amanece. Una neblina tan baja que no supera las rodillas cubre las calles donde nadie camina aún. Es el momento en que Borges atraviesa la gran vía hacia la Biblioteca con su traje gris claro, sombrero y una corbata que se deja llevar por la brisa. Mateo atraviesa la ciudad sin haber desayunado, pero durante su caminata disfruta de la ciudad vacía, las casas desperezándose, uno que otro residente mirando la mañana desde sus terrazas con sosiego y conformismo. Lo espera sentado en una de las bancas contiguas a la entrada. Borges se le acerca como si supiera en dónde está ubicado, y sin detener el paso le habla:

—Recibí una carta de Malcolm. Acompáñame, por favor.

En su oficina, sorteando los libros apilados, Matilde deja sobre el escritorio café y unas medialunas para ambos.

—Es lo más rico que he probado aquí —dice Mateo.

—Son los privilegios del cargo.

—Entonces sabe que lo logré.

—Sí.

—Y que tengo un hijo.

—Sí.

—Y que nunca me enteré de su existencia mientras estaba con vida.

—Sí.

—El Consejero me lo explicó antes de venir aquí: si no lo conoces o te enteraste de su existencia...

—Entonces no es tu hijo, simplemente. Me parece justo.

—Me siento responsable por él, igualmente. ¿Usted me entiende?

—Es un sentimiento muy latino, sí.

—Quiero hacer algo al respecto.

Mateo le entrega las páginas redactadas dentro de un sobre.

—Tu novia te ayudará. Ella hará lo necesario. Ayudará a tu hijo y a tus padres, pero tal vez no vuelvas a verla.

—Lo sé.

—Matilde, por favor.

Su asistente se lleva las hojas y las coloca en un archivador de palanca que ocupa su sitio en un gran archivero de metal.

—Ya está hecho, director.

—Hay algo que debo decirte antes de que te vayas —dice Borges acomodándose en su asiento.

—Dígame.

—Si lo deseas, pronto podrás marcharte de aquí.

—¿Adónde?

Borges le indica a Matilde con un gesto de la mano que se acerque y tome asiento junto a ellos.

—Al Paraíso. Todo está resuelto. Finalmente, luego de tanto tiempo. Ahora podremos entrar.

—¿Por qué así de pronto?

—Ocurrió algo real maravilloso; me gustaría calificarlo así; quiero calificarlo así. Gabriel ha fallecido. El Consejero me informó sobre su conversación con él luego de recibirlo en el cuarto blanco de las orquídeas. Allá arriba lograron resolverlo todo. Macondo es nuestro Paraíso y nuestro Infierno a la vez; ahí radica la barrera del talento humano. Ese talento está envuelto en soberbia. Debemos desprendernos de ella cuando morimos, pero cuando lo hacemos aún no somos conscientes de que hemos dejado de ser humanos, solo somos almas conscientes pretendiendo que nuestra cotidianidad civilizada sigue siendo la misma a grandes rasgos, simulando en colectivo que nuestros corazones aún laten. A modo de despedida, daré una charla al respecto esta misma tarde en la sala de conferencias del primer piso. Es lo que todos aguardan. Espero estar a la altura de las circunstancias.

—¿Cuándo podremos irnos?

—Mañana. Cuando despiertes, sal de tu casa y camina por la calle, por cualquier calle, eso es indiferente. Notarás que el sol estará más cerca de la ciudad, como si se acercara como un meteorito. Te calentará, pero no alcanzará a quemarte. Te unirás a su calor. Antes deberás renunciar al talento de la escritura. Esa es la condición, la única condición. Matilde, querida amiga, puedes irte si así lo deseas. Tu trabajo a mi lado ha terminado. Te agradezco por haberme acompañado durante este tramo. Anda tranquila.

—Georgie, prefiero quedarme aquí si no te incomoda. Imagino que no todos se irán de la ciudad. Es mi deseo continuar ayudando a los que se queden.

—Eso es cierto. Yo me quedaré, por ejemplo. Aquí estoy bien. Gracias por la compañía, Matilde. Serás de gran ayuda.

—No puedo irme hasta que Mariale termine lo que empezó —interviene Mateo.

—No es necesario que te quedes. Ella lo hará sin ti. ¿Acaso no lo has entendido? La voluntad, Mateo. El amor hacia ti mueve aquella voluntad. Espero no equivocarme al decir esto, pero sospecho que ustedes dos se encontrarán nuevamente. No sé cuándo ni dónde o en qué vida lo harán, o si es que regresarán al Mundo. ¿Es probable? No puedo saberlo, pero se encontrarán porque se aman.

Mateo vuelve a casa. La noticia es conocida en toda la ciudad. Algunos celebran en sus casas; otros caminan felices, se abrazan. Abre la puerta y encuentra a Ribeyro y Bolaño reunidos en la sala, envueltos en un aura de incertidumbre, fumando, con las miradas desorientadas.

—El Consejero acaba de irse. Nos contó lo mismo, que apenas conversó con Gabriel lo entendió todo. Nadie jamás podrá escribir una ficción tan real como *Cien años de soledad*. Nadie jamás podrá competir contra eso. Gabriel pidió ir al Paraíso y renunció al talento de la escritura —dice Ribeyro.

—Tienes que tomar una decisión, Mateo —le dice Bolaño mirándolo fijamente, como un lobo ante el peligro—. Si te quedas es porque continuarás intentando construir mundos que superen los linderos de la imaginación. Si te vas es porque aceptarás que nunca podrás alcanzar aquella cima sobre la cual está erigida Macondo. Julio Ramón se va, yo me quedo.

—¿Por qué te quedas?

—Este es el Paraíso para mí. Seguiremos intentándolo junto con Borges y otros más. Seremos pocos. Nos mudaremos a la Biblioteca. Durante el día escribiremos sin descanso; en las noches encenderemos una fogata y contaremos historias alrededor del fuego, tal como lo hicieron los primeros hombres. Será como cuando era guardián nocturno en un *camping*.

—¿Por qué te vas? —pregunta Mateo a Ribeyro.

—Si es posible escribir un mejor libro que ese, pues podría hacerlo otro. La creatividad no nace de nosotros, Mateo, eso es una ilusión. Se trata de un torrente con el que nos conectamos. Prefiero leer más libros. Soy un lector más que un fabulador. Quiero descansar...

—¿Y tú, Mateo? —pregunta Bolaño.

—¿Qué harás? —lo interroga Ribeyro.

CATORCE

LA HABANA Y FRÁNCFORT

Dormiré en el avión, piensa Mariale mientras orilla las playas de Lima en un taxi que recorre una vía bajo el acantilado sobre el cual está erigida la ciudad. A las cuatro de la mañana, gaviotas, cormoranes y piqueros sobrevuelan la costa y se reúnen en lo alto de los postes; algunos tablistas se adentran en las aguas frías a la espera de olas grandes, al borde del inminente amanecer. Mariale había transcrito la mayoría de los cuadernos. En otras circunstancias podría haber avanzado con mayor rapidez, pero debía detenerse en palabras ininteligibles por la enrevesada caligrafía de Mateo o porque el grafito estaba borrándose. Trataba de descifrarlas colocándolas en contexto con el resto de la oración o comparando las letras con otras palabras mejor trazadas. Recordó que a Mateo le provocaba ansiedad y hasta pánico llegar al aeropuerto de Lima, adonde siempre debía retornar. Incluso una vez, luego de bajar del avión y de superar los trámites en la aduana, reingresó a la zona de vuelos internacionales para comprar un pasaje con el abordaje más próximo. Llegó a Buenos Aires, se hospedó en un hotel en el centro de la ciudad, visitó museos, bebió en bares y entabló apasionadas conversaciones con unos porteños desconocidos hasta que se le agotó el dinero y regresó a Lima solo con ganas de bañarse y dormir.

Mariale siempre pudo dormir en los aviones; ya en el aire, luego de las recomendaciones de seguridad y del despegue, se dejaba arrullar por las vibraciones de las turbinas. Mateo, con las piernas encogidas por su estatura, intentaba leer mientras Mariale dormía recostada sobre su hombro. Tenemos pasaportes, tarjetas de crédito, libros, cuadernos, lápices, efectivo, preservativos, paracetamol, ibuprofeno, Xanax y cigarrillos, ¿algo más?, le preguntaba Mariale a Mateo la noche anterior a cada viaje.

Hotel Ambos Mundos, en Obispo con Mercaderes, La Habana Vieja. Mariale baja del taxi, un Pontiac clásico rojo de techo descapotable blanco, y es recibida por el calor de las calles empedradas por donde transitan turistas, vendedores de *souvenirs* y cubanos que vagan por los alrededores o juegan béisbol con trozos de madera y pelotas hechas con medias y retazos de telas. Luego de registrarse solicita hacer el *tour* a la habitación 511, en la que se hospedó Ernest Hemingway cuando viajó por primera vez a Cuba, convertida en un pequeño museo. Las puertas abiertas de la terraza de la habitación dejan ver los amaneceres cubanos siempre a pleno sol: la catedral, los techos de los solares y algunas humildes embarcaciones desperdigadas en la bahía. El recorrido está a cargo de un guía a quien Mateo le regaló un ejemplar de su novela. A modo de agradecimiento, prometió depositarla en los estantes de la famosa habitación, uno de los atractivos turísticos más importantes en el país. Lo que nunca le dijo es que había dejado escritos algunos párrafos entre las páginas. El guía frecuentó a Mateo durante su estancia como estudiante de guion cinematográfico en La Habana. Lamenta su muerte cuando Mariale habla con él. La busca más tarde cuando ella almuerza en el restaurante y le entrega la novela de Mateo. Mariale agradece turbada, y cuando queda nuevamente sola se sorprende de que todas las páginas pares que preceden al inicio de cada capítulo están escritas, a pesar de que Mateo le dijo que solo dejó allí unas cuantas líneas.

Sale a caminar por el casco histórico de la ciudad, por Vedado y Miramar, como si Mateo la acompañara. En ese momento las olas arremeten contra las paredes con delicadeza. Por oposición, Mariale recuerda cuando caminaron juntos durante una noche de tormenta y fueron mojados porque el agua sobrepasaba el malecón y alcanzaba a golpear las fachadas de algunas casas, algo muy similar a un episodio relatado por Mateo en su novela; aunque recuerda también que está en el país donde sus padres se enamoraron, ambos en su viaje de promoción. Estoy muy cerca de Estados Unidos, ¿y si visito a mi papá? Mejor no, no vale la pena, piensa. Mariale sigue caminando y se detiene en El Floridita. En una esquina de la barra, Hemingway solía almorzar y beber su daiquirí preferido —ron cubano, limón, azúcar, gotas de marrasquino y polvo de hielo—, puro en mano. Así lo imaginaba Mateo. Hemingway seguía sentado allí cuando ambos visitaron el restaurante, y también ahora: una robusta estatua de bronce en tamaño natural, camisa remangada y sandalias fue instalada para recordarlo. Los trabajadores le colocan diariamente un daiquirí a manera de tributo. Mariale pide el cóctel y bebe en silencio al lado de vociferantes hordas de turistas.

Cuando regresa al hotel, el guía le había dejado una nota en la recepción en la que le sugería visitar a Hviset, un ucraniano que vivía desde niño en Cuba, cuando fue traído desde la Unión Soviética luego del desastre nuclear en Chernóbil. Se hicieron amigos luego de que Mateo lo entrevistara para un diario limeño. A él le agradaría conocerte. Así terminaba la nota del guía. Hviset vive en el complejo habitacional que construyó el Estado cubano en una de las márgenes de la carretera que conecta La Habana con Varadero, a pocos minutos del Peñón del Fraile, para acoger a los niños soviéticos en cuyos cuerpos estaban impregnadas malsanas cargas de radiación. El clima del Caribe contribuiría a sanar sus heridas. Mariale encuentra a Hviset sentado fuera de su casa, sin camiseta, fumando y mirando la carretera soleada. Hay una foto tomada por Mateo en la que aparece igual: eslavo, con el pelo rubio y grasoso, el rostro y los brazos enrojecidos. Hviset lloró al enterarse de la muerte de Mateo. La invita a almorzar. Mariale quiere llevarlo a un restaurante, pero se niega. El almuerzo ya está listo, y aquí se come muy rico, le responde. Le cuenta que Mateo y él caminaban juntos por la playa luego de sus clases, conversaban acerca del comunismo y sobre Ucrania, el país al cual Hviset nunca regresó; también sobre la vida de Mateo en Lima y su vocación por la escritura. Hviset es un apasionado lector. Visitaba las bibliotecas públicas, y algunos turistas con los que conversaba cuando caminaba por La Habana Vieja le regalaban libros y revistas. Le recomienda que visite la escuela de cine, en el barrio de Miramar, y pida ver el cortometraje que Mateo filmó junto con sus compañeros como proyecto de tesis. Pregunta por Almira, la profesora de guion, ella te ayudará, le dice con enigmática seriedad al despedirse. Almira no está en la escuela cuando Mariale pasa por allí. Le deja indicado al portero el nombre del hotel en el que se hospeda y le advierte que se marchará de Cuba al día siguiente.

Por la mañana muy temprano, Almira la espera sentada en el *lobby* del hotel mientras su hijo corre alegre por el lugar. Al ver al niño, Mariale se queda petrificada.

—¿Mateo lo supo? —pregunta sin preámbulos.

—Nunca se lo dije —responde Almira sin mirarla a los ojos—. No quería que pensara que soy una aprovechada.

—Es igual a Mateo de pequeño, su mirada tan triste... Sus abuelos tienen que conocerlo.

—Me da mucha pena que Mateo ya no esté. Tenía la esperanza de que algún día regresara sin tener que llamarlo, tal vez con una mujer tan hermosa como usted del brazo, y pudiera presentarle a su niño.

—Su padre lo habría amado con todo su corazón. A él le corresponden las regalías de sus libros. ¿Sabías eso?

—Nosotros no queremos nada. No he venido para eso.

—Me comunicaré contigo pronto. Toma.

Mariale le entrega a Almira una tarjeta con sus datos de contacto.

—Supe que eras su novia desde que te vi.

—¿Cómo?

—Él siempre te buscó.

Almira le entrega un DVD envuelto en una bolsa.

—La protagonista del cortometraje es igual a ti. Mateo se obsesionó en buscar a una actriz en toda La Habana con tu pelo, tu sonrisa, tu cuerpo. Eres arquitecta, ¿cierto? Todo está en el guion.

El aeropuerto de Fráncfort está casi vacío cuando aterriza su vuelo. Es invierno. Los turistas suelen desaparecer hasta la primavera. Va en busca del hotel donde Mateo solía hospedarse. Tal y como él le había contado, en los pisos subterráneos hay estaciones de trenes desde donde es posible ir a cualquier parte de la ciudad, del estado de Hesse y de Europa y Asia. Mateo acostumbraba visitar Fráncfort en octubre para estar en su famosa feria del libro. Todos los años lo invitaban a presentar un libro o participar como ponente en una charla, y se quedaba durante los días que durase la feria. Asistía a conversatorios y talleres, y se encontraba con editores y comercializadores de distintas nacionalidades, con quienes luego iba a recorrer los bares típicos de Sachsenhausen.

En su primer viaje a Fráncfort, también la primera vez que visitó Europa, Mateo se confundió de tren cuando se proponía regresar al hotel, y solo se percató cuando estuvo al otro lado de la ciudad. Se bajó en una estación desolada; alguien que andaba por allí le dijo en áspero inglés que el próximo tren pasaría a las cinco de la mañana. No le quedó más que caminar hacia el río y utilizarlo de guía para regresar al aeropuerto, abrigado solo por un saco de corduroy. Pagó tiritando su primera experiencia europea. Amigos le contaron del recio invierno, pero lo subestimó. Caminó congelándose por uno de los márgenes del Meno, y vio a lo lejos la fachada en punta de una iglesia luterana. Cuando entró, una mujer lo saludó en alemán como si lo conociera de toda la vida; lo condujo amablemente hacia un asiento libre; él se sentó casi sin pronunciar palabra; la misa estaba por terminar. Algunas personas se quedaron después del servicio. El mismo sacerdote se acercó a saludarlo y lo invitó a servirse un poco de café y galletas. Le explicó que algunas personas solían quedarse para conversar luego de la misa y leer los libros reunidos en los estantes móviles de la iglesia. En agradecimiento, Mateo le regaló un ejemplar de su novela que llevaba consigo en el bolsillo del saco. El sacerdote prometió encontrarle un espacio en uno de aquellos estantes. Ya de madrugada en el hotel, Mateo recordaría que allí escribió algunos párrafos valiosos; pero no se alteró por aquel descuido, pensó que podría reconstruir sin problemas las líneas en algún momento, pero nunca lo hizo. En el último de los catorce cuadernos está apuntado que es necesario añadir aquellos párrafos para concluir con el libro. Al leerlo, Mariale recordó que Mateo le había pedido que lo acompañara ese año a Fráncfort, pero ella se negó por compromisos en el trabajo.

Ingresa a la iglesia luego de las diez de la mañana y solicita información, pero nadie habla inglés con fluidez. Le piden que espere algunos minutos, ya que dentro de poco llegará la administradora, que habla un poco de español. Mientras tanto, busca el libro en los estantes, sin éxito.

—Hola —la saluda una mujer en un cordial español con acento.

—Hola. Me llamo Mariale.

—Hola, soy Grete.

—Estoy buscando al padre Reiner.

Mariale le cuenta a Grete la historia de Mateo en aquella iglesia.

—El padre Reiner falleció el año pasado.

—¿Puede consultar con alguien más, por favor? Vengo desde muy lejos.

—Lo haré. Espere aquí.

Antes de irse, Grete le entrega una Biblia con la cubierta roja y escrita en inglés.

—Te servirá de compañía —le dice antes de irse.

Mariale lee algunos versículos aleatoriamente hasta que escucha una voz detrás de sí:

—¿American?

—Peruvian —responde Mariale sorprendida.

Un hombre apoyado en el respaldo de la banca detrás de ella la mira risueño.

—Estás lejos de casa.

—Sí... —responde Mariale.

El hombre parece local, pero habla el español con soltura y leve acento.

—Me llamo Benno.

—María Alejandra. Un gusto.

De pronto aparece Grete con un sobre blanco y se lo entrega.

—Este debe ser el libro de su novio. Puede llevárselo. Es suyo.

Mariale recibe el sobre sin abrirlo, distraída todavía por la conversación con el extraño, y se despide. Sale de la iglesia y escucha tras de sí la voz de Benno:

—¿Qué te parece si te hago un *tour* por la ciudad?

—Eres muy amable, pero tengo planes.

—¿Segura?

—Segura.

—Está bien, pero si te animas almorzaré con unos amigos en el Sophias; queda cerca de aquí.

—Tal vez. Hasta luego.

Mariale está todavía a un día de tomar su vuelo de regreso. Visita varios museos sin un plan fijo; en el último consulta en el módulo de información al turista por un lugar recomendable para almorzar.

—A unas pocas calles está el Sophias, pero tal vez ya no

puedas encontrar una mesa disponible —le dice la guía con una sonrisa.

Desde la puerta del restaurante, divisa a Benno sentado en una mesa riendo con sus amigos. Nota por primera vez sus brazos marcados, examina su rostro y acepta que es muy atractivo. Mariale da unos pasos, sus ojos se encuentran con los de Benno, él le hace un gesto confiado y desenvuelto para que se acerque. Ya en su mesa, le presenta a sus amigos, una pareja algo mayor que él. Le preguntan qué hace en la ciudad; ella inventa que está terminando un viaje por Europa, que permanecerá en Fráncfort solo una noche y luego partirá a Lima. La pareja se despide, Mariale y Benno se quedan conversando un poco más, lo que dura una botella de vino blanco. Mariale apura su última copa y advierte que se le está haciendo tarde, y debe madrugar. Benno se ofrece a acompañarla al hotel, pero ella se niega. Él sonríe algo decepcionado y le da una tarjeta personal antes de que se separen.

Mariale toma una ducha en su habitación, y mientras seca su cabello se fija por primera vez en el anagrama del hotel sobre la bata de baño. Decide llamar a Benno e invitarlo a cenar en el restaurante del hotel. Se calza después un vestido ceñido al cuerpo que compró antes de la muerte de Mateo. Se pregunta por qué lo metió en su maleta, pero ya está completamente dentro él antes de responderse.

Benno llega a las nueve al *lobby*, se dan un beso en la mejilla, caminan unos cuantos pasos e ingresan al restaurante. Él le cuenta que nació y vivió la mayor parte de su vida en Fráncfort, aunque residió algunos años en Bogotá, y evoca las noches de salsa y las mañanas de café. Después de la cena Benno le propone probar un aguardiente local. Mariale acepta, toman un par de copas y ella siente que se enciende.

Se pone de pie y Benno asume que se irá al baño, pero ella lo sorprende con un beso que roza sus labios. A los minutos entran a la habitación de Mariale, sofisticada y confortable con vista al bosque. Mariale se arrodilla y lame su pene endurecido desde la base de los testículos a la punta, a la vez que contiene la caída de sus mechas al colocarlas detrás de sus orejas. Sorprendido y agradecido, Benno la carga mientras Mariale se aferra a su torso con piernas y brazos, hasta que él la deposita suavemente sobre la cama. Sin que ella pueda tener tiempo de quitarse el vestido, la penetra con delicadeza, también con autoridad. Mariale permanece con las piernas abiertas, acaricia la espalda ancha y el pelo ondulado y grueso de Benno mirando el techo de la habitación. Entre gemidos, con la voz entrecortada, le pide que le permita ponerse sobre él. Cuando toma el control se contorsiona con movimientos circulares de cadera sintiendo cómo Benno le aprieta los glúteos y hunde la nariz en sus senos.

Mariale espera el abordaje cerca de la puerta de embarque mientras recibe un mensaje de Benno. Le anuncia que acaba de comprar su pasaje para estar en enero en Lima. Ella le responde que en su ciudad también hay buena salsa y, por supuesto, buen café.

Ya en su departamento enciende la computadora, termina de transcribir los párrafos hallados en Fráncfort y redacta un correo electrónico para explicar a Andra que no es ficción, tampoco memorias. Mateo quería darle un giro tan radical a su obra que aún no lo comprende del todo, y adjunta el archivo en Word. Por cierto, Andra, el libro se llama *Fragmentos*. Cuando el mensaje abandona su bandeja de salida una reconfortante serenidad la sobrecoge. Luego, entre sus carpetas y tubos halla el plano de la casa de sus sueños. Lo coloca sobre su mesa de dibujo haciendo a un lado los planos de otros proyectos. En la sala escoge un libro de los estantes y lo abre en la página fijada por el separador. Amor, aquí te quedaste, dice en voz baja mientras bebe una copa de vino y se recoge el pelo con una gran cola. Yo seguiré leyendo por ti. Y continúa.

Fragmentos [1]

1. Le tengo miedo a la vejez. A la muerte no tanto. Todas las mañanas, al despertar, camino hacia la ventana y disfruto de la luz mientras mis pulmones expelen aire hacia el vacío. No quiero envejecer. No quiero dormir más horas de las que tendré los ojos abiertos.

2. Quiero morir joven, quiero que me olviden. Que los hombres del futuro no me recuerden cuando caminen por la playa y los helados se derritan en sus bocas. Esos mismos hombres reirán frente al mar, aunque también le temerán a la muerte, como amables cobardes. Mis carnes ya habrán dejado de pudrirse en lo soterrado del terraplén, allí donde se abren los girasoles, los geranios y las cantutas.

3. Escucho ejércitos aproximándose desde otros barrios; desde el mercado, desde el más allá. Se acercan arrastrando sus tripas bajo los postes de alumbrado aún apagados. Desfilan por las avenidas sin perturbar a los vagabundos. Cerca de mi puerta confabulan; han sido informados sobre mi fragilidad. Seré devorado y aún no amanece.

---

[1] Pelletier, M. (2006, p. 14). Editorial Serrantes

4. Escribo bajo un foco tan lejano como una galaxia. Blindado del frío, de las plegarias y de las demagogias. El lápiz negro entre mis dedos blancos. La vida para mí es todo aquello que ocurre cuando no estoy escribiendo. Pero he sido profundamente feliz. He viajado por el mundo y por las profundidades de mi conciencia. Estoy en un tren, estoy en un concierto, estoy en un bar donde nunca se acaba el aguardiente.

5. Un desierto escindido por una carretera que se incendia. Y tanto y tan poco más allá las estrellas se abren paso, reverberan y se imponen sobre la Tierra. Oscurece y esquivo pensar en el pasado, en el ocaso, en el olor de la piel de mi mujer. Existe solo esta planicie hostil, la música y los dibujos que imagino con mis dedos. Soy un astrónomo. Leo este desierto.

de Rubén Barcelli

Se terminó de imprimir en la ciudad de Lima, durante el mes de diciembre de 2021, por encargo de la editorial Milojas para su sello Garamond.